*i*

想象另一种可能

理
想
国
imaginist

朱天心

想我眷村的兄弟们

九州出版社
JIUZHOUPRESS

一九七九年五月，与天文（图右）在东京发往京都的车上留影

# 目　录

# 自序

朱天心

　　有所谓《想我眷村的兄弟们》《古都》《漫游者》是我个人在上世纪末关于台湾书写的三部曲（例如王德威）。

　　若把这些作品局限聚焦至一定的范围（如论者所习于挪用的"后殖民"或"离散"等等），我想，或可做如此描述。

　　此三本书的书写正好横跨我的三十至四十岁，很好的年纪：对眼前带着"世界太新，很多事物尚未有名字，得一一用手去指"因此非探究不可的好奇、仍残存浓烈愤青的理想性格的动辄愤懑、已隐隐感觉那轰轰然而来的现实建制力量但偏不肯就范的困兽斗……是我喜欢的一种写作状态。

　　当时，我曾在一次受访里被问及"作家是什么"时回答，是希腊悲剧里的卡珊德拉。

　　卡珊德拉是特洛伊的公主，遭阿波罗看上追求而全不回应，阿波罗送给她珍贵的"预知未来的能力"的礼物，这是神才专有的能力啊，卡珊德拉依旧不动心，"神谕"出口是不能修改或收回的，恼羞成怒的阿波罗只好追赠一句"但这预言无人相信"。

卡珊德拉从此掉入炼狱，十年苦战的特洛伊在答应希腊联邦敌军诈降并献礼木马的全城欢庆前夕，她喊破喉咙说出她预见的屠城景象，但一心想终战的疲倦军民无一人相信。

结果我们大家都知道。

我喜欢的作家，总是不与时人同调，或该说他原与时人同喜同悲同忧同温，但总因肖想一个更好的世界、或企欲指出眼下世界并非如此美好而是木马屠城前夕……只能清醒无比地被挤到边上、挤到高处，讨人厌的乌鸦一样发出警示："失火了、失火了！"（鲁迅的铁屋子理论？）

上个世纪末的十年，台湾因解除戒严、社会力和政治能量的释放，在方方面面动员了各种应该（进步价值）不应该（前现代的部落族群意识）的力量，仿佛那被打开的潘多拉盒子，此中我当然极不同意因政治和选举所操弄的族群动员。

于是有此一场演出，疯女卡珊德拉。例如眷村，四九年随国民党来台的大量中下级军人，因"韩战"确立了海峡对峙的冷战时期，官方只得大量地在城市边缘或荒郊野外兴建只够遮风雨鸡笼大小的眷舍，让这些正值婚龄的青壮代得以暂时在海岛落脚。

这批被历史拨弄、家国命运正巧与国民党绑在一起的五湖四海之人及其后代，在九〇年代的政治操作族群动员中，全成了被怀疑忠诚的替罪羊，我为他们不平极了，认为他们信守了一辈子素朴的"保国卫民"或"天下兴亡，匹夫有责"全成了笑柄并被羞辱践踏。

我十五岁前生于长于眷村，以为值此之际、与其让人有意或源于无知的胡乱解剖，不如诚实自剖这一场，于是有这最终不被在地人和外省人谅解（如我始终敬重的隔壁眷村出身的学者赵刚）的《想我眷村的兄弟们》。

二十年后，这一场族群动员因当局的政治操作越演越烈而演变成"反中""仇中"，显然当初除魅的努力，十足是卡珊德拉一场。

九六年"台湾大选"，我以为连领导人都可每人一票地投票选择了，台湾应有自信可以健康地面对既往，无论荣光或耻辱，我以为我们应该可以宽容各式表达认同的语言，而非政治正确、掌权者所钦定的语言，我天真地妄想在岛屿一片高唱入云的认同声中，挣出一些些不认同的自由（或各自表述）的空间。

这是《古都》写作的背景和语境，如今看来，我简直不知那名不到四十岁、除了出境旅游未曾须臾离开过台湾的作者，是太过乐观或悲观？

纳粹时期，一名被送进瓦斯室的犹太学者被问及有何遗言交代，他说："我没有话说，因为当时我没说话。"

若有一日，台湾走到我最不希望见到的人类历史里不时出现的由集体／国族主导的篇章，我大约可以是坦然的。

缘此，似不难理解《漫游者》的自我放逐况味。曾经的友人黄锦树多年前在谈及《古都》时，以一己马华外来者的身份轻易指出"不在于认同，而在于不被认同"。

是的，不被认同（E.萨义德所言"在场的缺席者"），只因不愿装作不知父辈是四九年来台（划清界限？）、只因不断乌鸦般的发着"国王没穿新衣"的噪音……我像个不被师长、主流价值和社会所愿意了解见容的后段班学生，遂自我放逐（弃？）而去并绝不呜咽。

俱往矣。

但毕竟这一切的呈现皆是文学、皆以小说形式，我已夫子自道太多，多到仿佛这批小说本身的独立性和完整性是不具足、不足以说明自身？

够聪明的作者应该适时打住，让作品自身说话了。

此三书的再次出版，得感谢瑞琳、静武、平丽和理想国，作为他们的长期读者，我深觉有幸参与此三书的出版。

二〇一八年一月

## 导读 一则老灵魂

朱天心小说里的时间角力

张大春

故事如果从特洛伊城之战说起，恐怕篇幅会拖得太长；但是事情远比帕里斯王子爱上世界第一美女海伦之后的种种沧桑还要悠远而繁复。所以朱天心《想我眷村的兄弟们》不该只被看成是"眷村文学"的代表作，收在这个集子里的六篇小说其实还容有一个共同的基调——老灵魂（这个词汇是《预知死亡纪事》这篇作品里的一个分段标题）；老灵魂是试图冻结或滞止时间的渴望，也是透过虚构重塑历史或记忆的载体。它可能自有人类以来便潜密地蛰伏于某一被称为"心灵角落"的所在，隐然抗斥着那些用日晷、沙漏、机械长短针或石英振荡频率所计算、分割的人生单位。正由于在活生生的现实处境中没有人能构筑小飞侠彼得·潘的世界，老灵魂才得以在每个不再聆听以"很久很久以前……"为卷首之童话故事的读者——或是不再书写以"时光荏苒，岁月如梭"为篇首之作文的作者——的心里制造梦魇和启悟。

在古罗马诗人贺拉斯（Quintus Horatius Flaccus, 前65年—前8年）的《歌集》第一卷里曾经出现过一位预言家纳莱乌斯，他在帕里斯王子诱拐海伦潜离希腊时就曾预知特洛伊城的毁灭。纳莱乌斯在十九世纪的第一个十年里进入歌德笔下的世界，变成一位贤良、和善、充满温情的海中老人。于是我们在《浮士德》的第二部末章《爱琴海的岩湾》中读到了这样的句子：

> 或许夜行者，
> 把这月晕叫作气象，
> 但是我们精灵看法不同，
> 只有我们持有正确的主张，
> 那是向导的鸽群，
> 引导着我女儿的贝车方向，
> 它们是从古代以来，
> 便学会了那种奇异的飞翔。

而朱天心又在将近一百八十年后把这些诗句移植到《预知死亡纪事》的篇末，使之悄然传递着"预言家／预言"（作家／作品）与时间角力的讯息。

引用这些诗句确乎有其弦外之音的意义——如果我们从《浮士德》想起的话，在这部巨作第一部的《书斋》之二中，浮士德与魔鬼化身梅菲斯特签订的口头契约里明订：假如浮士德对"某一瞬间"表示了"请你停留，你真美好"的意思，魔鬼便可以将浮士德捆缚起来，而后者"愿意接受灭亡的果报"。在《浮士德》第二部的最后一幕里，浮士德的"仆人"（子民）在他的想望中建筑着乐园般的国土，以辛勤和操劳度过他们的时光，于是浮士德不禁赞叹道："你真是美好无匹，请你驻留！"一方面，浮士德因触犯契约禁忌而不得不死；另一方面，也只有在死亡降临的那一瞬间，浮士德对时间的呼唤获得允诺——时间因死亡而真的"驻留"下来。

贯穿《想我眷村的兄弟们》诸篇的基调正是某种近似浮士德式呼唤的情感。朱天心离开了"方舟上的日子"，不再"击壤歌"之后，我们依然可以在《昨日当我年轻时》《未了》《时移事往》乃至于《我记得……》等书（甚或只是书名）中发现她对探索时间所消磨的一切事物——青春、情感、理想、肉体、人际关系以及政治现实等等，抱持了多么浓烈且专注的兴趣。

早在《击壤歌》这部可能连作者都视之为自传式散文的作品里，朱天心已经懵懵懂懂地暴露过她对时间的无法释然：

她一面说"这真是个如此年轻的世界"（而且"高一的时候我是只打算活到三十岁"），一面又已经"总记得那年夏天我在正午燠热的罗斯福路上打过一个冷颤"，或者是"我怕富贵繁华原一梦，更怕仍爱此梦太分明"般早熟地玩味起时间所经营的感性形式。

这个感性形式一直延续下来，即使这个世界已然并不"如此年轻"。读者可以很轻易地读出《未了》（一个记录眷村小孩成长经验的中篇小说）的叙述腔调有着一般少年启蒙小说中所不该有的世故言说——朱天心在这篇作品中所使用的隐藏观点（Concealed Perspective）仿佛出自一个敏感练达的眷村主妇（这位主妇还可能读过不少张爱玲的名著）；之所以会运用这种叙述腔调，其实别具意旨：朱天心大约从这个阶段起，已经试着利用叙述者之陌生化来让自己抽离出原先那种单纯的、童稚的、年轻却又早熟的感性形式。这是一九八一年左右的事。八年之后出版的《我记得……》则允为朱天心开拓多样题材、编纳丰富现实的定位之作。

然而朱天心仍不能忘情于她和时间的角力。《我记得……》的主人翁自嘲说："现在我们有资格腐败了。"《佛灭》里的主人翁演讲时总喜欢引用的话是："绝对、绝对，别信任三十岁以上的人。"当然，读过《淡水最后列车》的人恐怕不会忘记：一个落魄、绝望、近乎痴呆的老人的悲情晚景之中，伤痛最深处居然是他那个冷漠的企业家儿子——他也是个中年人。

"中年"似乎是朱天心极其关切的一个场域，在这个场域中通过人性、道德、情感或现实考验好像是非常困难的事。而朱天心笔下的中年人尤其艰辛的原因往往在于他们拥有良好的记忆，敏于侦知自己年少天真的岁月里所积累下来的一切都不能重新成为驱动生命的活力。然而记忆却又一再地催迫着中年人去珍视那些一去不返的事物。在一个消费时代的消费国度里，那些琐碎的记忆或许是唯一不会增值的东西，然而朱天心笔下的人物像搜集古董的玩家一般时时整理着自己的困境——而这困境经常是用一些凡夫俗子宁可遗忘的细节堆砌起来的：杰瑞·李·刘易斯（Jerry Lee Lewis）的摇滚乐（《我记得……》）、蒋彦士、杨惠姗、朱高正等等的紫微命盘（《去年在马伦巴》）、黑色丝质镶有同色蕾丝的媚登峰内衣（《鹤妻》）、一首名叫《寿喜烧》的日本老歌（《新党十九日》）等等。这些连朱天心自己都不免借叙述者之口称之为"垃圾信息"的细节使大部分的中年人物像"处理废弃资料的碎纸机"，那些被绞碎之后拼织成生命困境的记忆未必独具何等精确的象征意义，但是朱天心却让碎纸机一样的角色在反刍这些记忆的行动中与"逝者如斯夫，不舍昼夜"的时间顽强地搏斗着。这个搏斗的情景在《鹤妻》里表现得令人怵目惊心：一个拥有大量亡妻遗物的悼情鳏夫终于在囤积了满屋子家用品的丧宅里获得"顿悟"（epiphany）；他从来未曾进入过妻子那不断填充物资的空虚世界，其情显然和乔伊斯的《逝者》（*The Dead*）相仿。

在《想我眷村的兄弟们》里，我们似乎读到了《我记得……》所来不及"记得"的东西。《预知死亡纪事》固然在内容和写作形式上都算不得《鹤妻》的续集，但是在某种神秘的气氛里，小说中的男主角"我"似乎是《鹤妻》里那个忏情弗及的丈夫的翻版——或者补偿，"我"对于他那带着前世记忆的（老灵魂）新婚妻子依然充分"理解"（于是充塞在婚姻关系中的死亡预言有了庸俗的决裂恐慌），然而"我"却透过体贴的疑虑将整个叙述推向另一个层次——一个《潘金莲的前世今生》之流鄙艳媚俗的转世投胎故事所不可能企及的境界；朱天心在这里揭露了一个和《浮士德》相近的主题：死亡是永恒的起点，而死亡也是和时间角力的利器。

《我的朋友阿里萨》中的阿里萨从地中海的克里特岛寄出的明信片上如此写道："但愿我在衰老前死去。"这话多么像"我是只打算活到三十岁"，不过朱天心在活过了三十岁之后，借阿里萨所表达的意旨已非眷恋青春而已，阿里萨举枪自戕的解释可以不一而足：他厌倦了影视圈里不能"返璞归真"的虚矫溷迹、他愤懑于自己也是资本主义消费文明啮蚀人性的同谋共犯、他始终无法忘情于生活一日便消磨一日的终极理想……每一个坐困电子时代视听传播愁城的读者都可以简约地理解阿里萨之死所寓涵的感伤情调；但是小说结尾时朱天心并未揭晓这些，她更世故（毋宁说有点狡猾）地让谜底（也许）封存在一张寄自特洛伊城、尚未抵达台北的明信片上。从而阿里萨这个借自《爱在瘟疫蔓延时》的名字有了帕里斯王子的意志——他"一夜交欢四度，而且不用保险套"的行径（"在曼谷一名会说闽南语的泰国妓女处，丧失了他坚守了三十几年的童贞"）实则是在追逐色欲中逼近死亡。逼近死亡的诱因之一恐怕是"远离下一代"。下一代的年轻人是阿里萨和叙述者老 B 羊无力应付的人种，也是他们存活的世界的主宰："他们这辈的小孩习惯反叛一切事情，那自然也就无从发现一个自己想接近的目标；他们奉新鲜事物为宗教，拒绝一切传统（包括好的部分）。因此对人类伟大心灵长期所产生出的种种思想、艺术、价值观……有种近乎不解、恐惧的冷漠；且因为他们中心无主空空洞洞，只得不停地大量消费资讯，以为自己果真脑子满满全是思想。他们甚至失去了使用感情的能力……"在这样的新人类潮中，阿里萨、老 B 羊——再加上一个朱天心罢，终于发现"老年的第一个乐趣"是放弃事物，而且称此一放弃并非投降，而是权利。老B羊（可能一如《鹤妻》和《预知死亡纪事》中的"我"）对这项发现的感觉是"无人（包括我的妻子）可分享的"。其中只有阿里萨勇于用枪弹去争取那彻底的"放弃的权利"。

我们或许永远无法明白：是不是每一代的中年人都会感叹新人类潮"对人类伟大心灵长期所产生出的种种思想、艺术、价值观……"都会有那种"不解、恐惧的冷漠"？然而朱天心却仿佛是特别急切且焦虑的一代："当她昨日年轻时"，就已经习于在小说的篇名上"用典"——像《击壤歌》用的就是"帝力于我何有哉？"那份质朴而轻狂的旧典。《十日谈》《去年在马伦巴》《鹤妻》《佛灭》更无一不有其文学、电影、童话或经籍故纸的出处。到了《我的朋友阿里萨》《预知死亡纪事》《从前从前有个浦岛太郎》和《袋鼠族物语》分段标题之下的汉李延年《佳人歌》，朱天心倾心于"人类伟大心灵长期所产生的种种"已然极其明显地暴露出一种不惜与不明白典故出处的读者决裂的态度。朱天心悄然对那些曾经着迷于青春儿女之敏感多情事体的读者宣布：今日我已不年轻了。

《从前从前有个浦岛太郎》的原典是一则日本童话，童话中的太郎在龙宫中"玩得多么愉快、吃山珍海味、又看尽多少奇珍异宝，日夜如梦一般飞逝……"，然而在告别龙女的归途中，太郎忘了禁忌，打开了龙女所赠的玉宝盒，"只见白烟袅袅升空，太郎顿成了银发老公公"。到了小说里，年老的"宝将"无意间发现多年前自己正当政治犯时所寄付家人的信件居然并未因当局审检而失落，换言之：真正"辜负"这个老社会主义理想家的竟然是他自己的妻儿，朱天心在这里勇敢地拆穿了八〇年代以降此间甚嚣尘上的"政治受难家属"的俗丽神话（也因此而必须无畏于出自省籍情结缪辕而可能招致的谴责或挞伐），然而隐伏在更深处的似乎不只是一个无力去抢劈"革命巨斧"的老左派在现实政治或政治现实中的自怜、怀旧或者无奈，更多的恐怕还是理想主义革命者察觉了（玉宝盒中的）现实与历史断绝关系的奥秘；而现实与历史断绝关系的复调也正是现实对理想主义革命者的"不解、恐惧的冷漠"。

在这样一个断绝的豁隙上，朱天心"勤于用典"的企图便益发昭显了。她的《想我眷村的兄弟们》不惮费辞地填充着五〇到六〇年代在台湾各地的眷村城堡中成长的一代的记忆，从"十六岁的甄妮穿着超短迷你裙，边舞边唱着'我的爱，我的爱，英伦心心口香糖……'"到"妈妈们通常除了去菜场买菜是不出门的，收音机时代就在家听《九三俱乐部》和《小说选播》，电视时代就看《群星会》和《温暖人间》"。从"用妈妈的百雀羚面霜抹成《岸上风云》中马龙·白兰度的发型"到"有不明名目的勋章，有多种处理过的虫尸蛇皮，有用配给来的黄豆炒成的零嘴儿，还一定有扑克牌、残缺不全的象棋或围棋"……朱天心把整个眷村当成一则典故来讲述，于是《想我眷村的兄弟们》就不必容有什么情节或故事、动作或角色，它像所有流传于多种文本中的典故一样，所需唤起的只是那些不知典故为何物的人物对"某一阶段历史"的认识能力。事实上，当人们无知地将眷村视同"外省人第二代"、再视"压迫本省人的政权的同路人"的时候，"眷村文学"便自然而然地被意识形态的追逐者贴成浅俗的政治标签，遂也沦为另一种"不解、恐惧的冷漠"的对象。朱天心大约已经敏锐地察觉到九〇年代伊始台湾社会为"眷村"这个字眼所标贴上的种种粗暴的政治联想与解释，于是她宁可自行剖解"从未把这个岛视为久居之地"的眷村视域，是如何在政党机器的摆布、操弄之下失去对土地的承诺，也失去"笃定怡然"的生命情调。相对地，激化之后的省籍冲突的双方也都在不复"笃定怡然"的生命情调中失去对历史的允诺。

朱天心学历史出身（可能也拥有一则"不敢或忘"的老灵魂），从而时间和时间里所曾经、正在、将要发生的一切——以及它们之间的各种关系，都成为她小说作品所不忍割舍的材料。在《袋鼠族物语》中，她以惊人的搜罗能力将取材自报纸社会新闻版面的"携子同赴黄泉"事件勾勒出"无自我、无生活、无寄托"的现代主妇苍白庸碌的卑微心境和处境；在《春风蝴蝶之事》中，她以淡乎寡味的冷腔涩调来"发现"（一半也是从滔滔的说论中渐悟）同性恋者的心境和处境。在这里，《春风蝴蝶之事》和《从前从前有个浦岛太郎》以及《我的朋友阿里萨》三篇的共同点值得注意：三个叙述者（也都是小说中的角色）都是透过书信之类的记录——一段历史记录，了解到他们从未设想、揣度或反省过的世界，偏偏那个世界又都曾经是三者自觉亲近和熟悉到无须设想、揣度或反省的世界。"袋鼠族妇女"和"同性恋妻子"在小说以外的现实社会中全无发言能力或地位的尴尬境遇迫使朱天心"来不及"说什么故事了。她宁可琐碎、冗长、甚至不惜有些炫学地垦掘出那些女性之所以如此的究竟。这两篇和《想我眷村的兄弟们》《预知死亡纪事》放在一起看，甚或会让读者以为它们都是议论性格强烈的散文。而有趣的也在这里：泯削了小说里的情节、动作、对话和角色，其实往往也就剥落了读者阅读小说这种体制的文本时一个主要的习惯——那个追问"后来如何"的习惯；取而代之的是读者会追问"何以如此"。那么，朱天心在这四篇小说的论述形式上并不试图为赞者营造一个以时间主轴（从前如何如何，后来如何如何，最后又如何如何）的阅读情境——如果我们需要这种阅读情境的话，可以每天准时收看×点档的电视连续剧；她无视于小说叙事传统中的时间主轴恐怕也正是出于另一种"与时间角力"的意识了。熟悉托马斯·莫尔、赫伯特·乔治·威尔斯以及阿道司·赫胥黎的读者不会忘记：这几位作家（尤其是后二者在晚期末年之际）的议论性格使他们如何远离小说的叙事传统，而同样的性格也让朱天心在盛年的时刻拥抱起"予不得已也"的雄辩论述形式。善于用典的朱天心对数以十万计的《击壤歌》的读者抛出福柯、尼采、希腊众神、汪精卫、浦岛太郎、高尔基、列宁、雷诺阿、狄西嘉、麦可·乔登、马林诺夫斯基、荣格和浮士德……之后，可能松了一口气。无论如何，她一方面坦然地告别了眷恋青春的"昨日当我年轻时"，一方面也见证了小说家对"人类伟大心灵长期所产生的种种"的尊重义务，在不可能角力得胜的前提下，她让作品中的时间冻结在散文式的议论里，这是老灵魂转世再生的必经阶段。

而她，唯近中年而已。

# 想我眷村的兄弟们

有为小孩说故事习惯的人，迟早会在伊索寓言
故事里发现，自己正如那只徘徊于鸟类兽类之
间，无可归属的蝙蝠。

我恳请你，读这篇小说之前，做一些准备动作——不，不是冲上一杯滚烫的茉莉香片并小心别烫到嘴，那是张爱玲《第一炉香》要求读者的——至于我的，抱歉可能要麻烦些，我恳请你放上一曲 *Stand by me*，对，就是斯蒂芬·金的同名原著拍成的电影，我要的就是电影里的那一首主题曲，坊间应该不难找到的，总之，不听是你的损失哦。

　　那么，合作的读者，我们开始吧。

　　即使没看过原著没看过电影的你，应该也会立时被那个歌词叙事者小男生的口吻吸引住吧，一个无聊悠长的下午，他跟屁虫地尾随几个大男生去远处探险，因为据说那里有一具不明死因的男尸，他觉得又惊险又不大相信又拜托真到目击的那一刻不要吓得尿裤才好，于是他鼓足勇气反复立誓似的提醒自己：我不怕，我不怕，我一点也不怕，只要你在我这一国，我他妈的一颗眼泪也不会掉！

……歌声渐行渐远，画面上渐趋清楚的是一个，我不知道该如何形容她，青春期的大女孩，或小女人，第一次的月经来潮并没有吓倒她，她正屏着气——全没留意客厅里传来的蜂王黑砂糖香皂的电视广告音乐——专心地把手探在裙下用力拉扯束在裙里的衬衫，直至确定镜中的自己胸脯又如小学时候一般平坦，她放心地冲出家门，仍没看一眼电视画面上的英伦口香糖广告，十六岁的甄妮穿着超短迷你裙，边舞边唱着"我的爱，我的爱，英伦心心口香糖……"

她跑到村口，冬天有阳光的礼拜六午后，河口沙洲鸟群似的群聚着十几二十名从兵役期年纪到小学一年级不等的男孩子，村口两尊不明用途的大石柱之间，凌空横扯出一条红布幅，上书"本村全体支持 × 号候选人 × × ×"，衬着蓝色的天空迎风猎猎作响，好像每隔几年总要张挂那么几天，她要到差不多二十年后，离她拥有民众投票权十几年以后，才百感交集回想起那情景，并初次投下与那红布条不同政党的一票。

她盘桓在他们周围，像一只外来的陌生的鸟，试图想加入他们，多想念与他们一起厮混扭打时的体温汗臭，乃至中饭吃得太饱所发自肺腑打的嗝儿味，江西人的阿丁的嗝味其实比四川人的培培要辛辣得多，浙江人的汪家小孩总是臭烘烘的糟白鱼、蒸臭豆腐味，广东人的雅雅和她哥哥们总是粥的酸酵味，很奇怪他们都绝口不说"稀饭"而说粥，爱吃的"广柑"就是柳丁。更不要说张家莫家小孩山东人的臭蒜臭大葱和各种臭蘸酱的味道，孙家的北平妈妈会做各种面食点心，他们家小孩在外游荡总人手一种吃食，那个面香真引人发狂……

可是半年多来不知哪里不对了，这些朝夕相处了十多年的伙伴，真的是朝夕相处，像弟弟，常在她家玩得忘了回家，就跟她们家小孩一起排排睡。毛毛还是她目睹着出生的，那时她跟好多大人小孩挤在毛毛家卧室门口看毛妈惨叫，那次毛毛哥哥得意得什么样子，恣意地严密挑选与他一国的才准进去观赏。还有大她一岁的阿三，她与他默默甜蜜地恋爱了快十年。还有大头，没有一次不与她大吵或大打出手收场的……不分敌友对她的态度变得说不上来的好奇怪。

她百思不得其解，自认做得无懈可击，好比她确信经血是有气味的，她便无时无刻不谨慎选择站在下风处，以防气味四散；好比她发现再无法阻止胸脯的日益隆起，痛哭之余日日展开与它的搏斗，偷过母亲的丝巾把它紧紧捆绑住，或衣服里多穿一件小学时的羊毛衫把它束得平平的，有一回厮打时被谁当胸撞了一记，当场迸出眼泪差点没痛晕过去；她甚至偷父亲的烟，跟他们一起抽，学他们边抽边藏烟的方法，以为因此取得了与他们共同犯罪的身份，她甚至不愿意好好读书，说不上来地以为功课破破的或许较利于他们重新接纳她。

当然，要到差不多十年之后，在她大学毕了业，工作了，考虑接受男友的婚约时，才能持平地看待当年那些男孩，不，或该说男人，怎么可能当她的面谈论、揣测她胸脯的尺寸，交换着因为不知道而无限膨胀神秘引人的性知识，业务机密似的口传谁家当兵回来的老大此刻在那边的机场挂混，下次谁惹了麻烦或跟哪个村子结了梁子可以找他出面摆平；还有唯一在市区里念私立中学的大国说车过中山北路看到潘家二姊跟一个美国大兵黏着走路，骚得！随即每个人把积压老久的脏话、兽性大发地存货出清，深喉咙一样的口上得到了快感；也有同样姊姊光明正大结交了美军男友并快论婚嫁的马哥，用妈妈的百雀羚面霜抹成《岸上风云》中马龙·白兰度的发型，教几个年纪大些的男孩一种刚自未来姊夫处学来的新式舞步，可那舞步屡屡被村口唐家开得好大声的《田边俱乐部》电视节目中观众所唱的难听歌声所扰乱；还有沿着广场边缘踱步，一手卷着数学代数课本一手不时在空中演算的丁家老二，每做完一题便又开始跟他们 MIT 个不完，丁老二的物理老师总爱像教徒膜拜圣地麦加似的热烈讲述有关 MIT 的种种神话，听熟了丁老二的二手传播的她，要到七十年代中期，才知道 MIT 的当代意思，不是她熟如家珍的麻省理工学院，而是 Made in Taiwan。

因此，不会有人像她一样，为童年的逝去哀痛好几年，乃至女校念书时，几个要好的同学夜宿某死党家，同床交换秘密地描摹各自未来白马王子的图像时，轮到她，她一反其他人的对学历、血型、身高、星座、经济状况的严密规定，她说："只要是眷村男孩就好。"

黑暗中，眼睛放着异光，夜行动物搜寻猎物似的。

那一年，她搬离眷村，迁入都市边缘寻常有一点点外省、很多本省人、有各种职业的新兴社区，河入大海似的顿时失却了与原水族间各种形式的辨识与联系，仍然滞闷封闭的年代，她跟很多刚学吉他的学生一样，从最基础简单的歌曲弹唱起，如 Where have all the flowers gone，并不知道那是不过五六年前外头世界狂飙一场的反战名歌，她只觉那句句歌词十分切她心意，真的，所有的男孩们都哪里去了，所有的眷村男孩都哪里去了？

她甚至认识了一大堆本省男孩子，深深迷惑于他们的笃定，大异于她的兄弟姊妹们，她所熟悉的兄弟姊妹们，基于各种奇怪难言的原因，没有一人没有过想离开这个地方的念头，书念得好的，家里也愿意借债支持的就出去深造，念不出的就用跑船的方式离开；大女孩子念不来书的，拜越战之赐，好多嫁了美军得以出去。很多年以后，当她不耐烦老被等同于外来政权指责的"从未把这个岛视为久居之地"时，曾认真回想并思索，的确为什么他们没有把这块土地视为此生落脚处，起码在那些年间——

她自认为寻找出的答案再简单不过，原因无他，清明节的时候，他们并无坟可上。他们居住的村口，有连绵数个山坡的大坟场，从青年节的连续春假假期开始，他们常在山林冶游，边玩边偷窥人家扫墓，那些本省人奇怪的供品或祭拜的仪式、或悲伤肃穆的神情，很令他们暗自纳罕。

那时候，山坡的梯田已经开始春耕，他们小心地避免踩到田里，可是那田埂是个难走的，一踩一摊水，其实那时候到处都是水，连信手折下的野草野花也是茎叶滴着水，连空气也是，潮濛濛的，头发一下就湿成条条贴在颊上。平常非必要敬而远之的坟墓，忽然潮水退去似的露出来，他们仗着扫墓的人气——去造访，比赛抢先念着墓碑上奇怪拗口的刻字，故意表示胆大的就去搜取坟前的香支鲜花……

可是这一日总过得荒荒草草，天晚了回家等吃的，父母也变得好奇怪，有的在后院烧纸钱，但因为不确知家乡亲人的生死下落，只得语焉不详地写着是烧给 × 氏祖宗的，因此那表情也极度复杂，不敢悲伤，只满布着因益趋远去而更加清楚的回忆。

原来，没有亲人死去的土地，是无法叫作家乡的。

原来，那时让她大为不解的空气中无时不在浮动的焦躁、不安，并非出于青春期无法压抑的骚动的泛滥，而仅仅只是连他们自己都不能解释的无法落地生根的危机迫促之感吧。

他们的父母，在有电视之前而又缺乏娱乐的夜间家庭相聚时刻，他们总习于把逃难史以及故乡生活的种种，编作故事以飨儿女。出于一种复杂的心情，以及经过十数年反复说明的膨胀，每个父家母家都曾经是大地主或大财主（毛毛家祖上的牧场甚至有五六个台湾那么大），都曾经拥有十来个老妈子一排勤务兵以及半打司机，逃难时沿路不得不丢弃的黄金条块与日俱增，加起来远超过俞鸿钧为国民党搬来台湾的……

曾经有过如此的经历、眼界，怎么甘愿、怎么可以就落脚在这小岛上终老？

不知在多少岁之前，他们全都如此深信不疑着。

而不知在多少年之后，例如她，渐与几个住在山后的本省农家同学相熟，应她们的邀约去做功课，便很吃惊她们日常生活水平与自己村子的差距：不爱点灯、采光甚差连白日也幽暗的堂屋、与猪圈隔墙的茅坑、有自来水却不用都得到井边打水。她们且就在晒谷场上以条凳为桌做功课，她暗自吃惊原来平日和她抢前三名的同学每天是这样做功课、准备考试的。

做完功课，她们去屋后不大却也有十来株柚子树的果林玩办家家酒，她看到同学的母亲完全农妇打扮、口上发着哩哩声在喂鸡鸭，看着同学父亲黄昏时在晒场上晒什么奇怪药草，她觉得惆怅难言。

后来每年她同学庄里一年一度的大拜拜都会邀她去，她渐渐习惯那些丰盛却奇怪的菜肴，也一起跟着农家小孩挤看野台戏，听不懂戏词但随他们该笑的时候一起笑。从不解到恍惚明白他们为何总是如此地笃定怡然。

村里的孩子，或早或迟跟她一样都面临、感觉到这个，约好了似的因此一致不再吹嘘炫耀未曾见过的家乡话题，只偶尔有不更事的小鬼夸耀他阿爷屋后的小山比阿里山要高好几倍时，他们都变得很安静，好合作地一起假装没听见，也从来没有一个人会跳出来揭穿。

便赶紧各自求生吧。

男孩子们通常都比较早得面临这个问题，小学六年级，在义务教育还没有延长成九年之前，他们好吃惊班上一些本省的同学竟然可以选择不考试不升学（尽管他们暗自颇为羡慕），而回家帮家里耕田，或做木工、水电工等学徒。而他们，眼前除了继续升学，竟没有他路可走，少数几个好比陈家老大宝哥，有一年一家电影公司在山上相思林拍武侠片时，他从围观看热闹到自愿以一个便当的代价拍一个挨男主角踢翻的镜头，到帮他们扛道具上卡车，到工作队离开时他连换洗衣裤都没带地跟着走了。

这个不知为什么显得很骇人的例子传诵村里十数载，简直以为他就这样死了，要到差不多二十年后，他们之中有看影剧版习惯的人，便会在影剧版最不起眼的一个小角落发现他才四十出头就肝癌英年早逝身后萧条只遗一个幼稚园儿子的消息，才知道原来他这些年跟他们一样一直存活着，一直在某电视台做戏剧节目的武术指导。

"噢，原来你在这里……"她边翻报纸喟叹着。

彼时报纸的其他重要版面上，全是几名外省第二代官宦子弟在争夺权力的热闹新闻，她当然都仔细阅读，却未为所动，也不理会同样在阅报的丈夫正因此大骂她所身属的外省人（她竟然违背少女时代给自己的规定，嫁给了一个本省男人）。

其实这些年间，她曾经想起过宝哥，仅仅一次，在新婚那夜。

那时丈夫正把闹完洞房的同事朋友给送出门，她没力气再撑起风度听他们的笑谑，便独自先返回卧室，不点灯，怕面对那陌生之感，也有些害怕即将要发生的事。这固然与她尚是处子之身有关，但大概是这幽暗陌生的新居卧室的缘故，她忽然遗失掉长期以来做个现代都会女性、性知识只会过分充足的身份，立时回到了另一间同样昏暗的陌生卧室，宝哥家的卧室。她大概是小学二三年级，正和宝哥的妹妹、贝贝一干自组的黄梅调剧团在翻找毛巾被单扮古装，她正趴在地上找发夹时，随手拾起床下一本没有封皮的旧书，她好奇地凑在五烛光的灯泡下翻阅，那是一本用粗俗挑逗的笔调写的性知识书，对她而言闻所未闻，因此看得十分专注，看到教导男子如何挑动处女，以及把处女弄破时要如何止血，好像曾听到贝贝的警告："那个是我哥的，他不准人家看喔。"

她看到教人由嘴唇、乳房，以及坐姿判断处女与否时，才忽然感觉到四周非常安静，她抬头，看到房门处有个高大的身影，也才发觉贝贝她们什么时候全跑光了，但她立刻感觉出那个穿着父亲军汗衫的身影是宝哥，她弃了书，小声地喊了一声宝哥，宝哥不答话，慢慢，又好像很快地走近她，呼吸声好大，走到近灯处，她被他那双像猫一样发出磷光的眼睛吓傻了。

然后其实什么事也没发生，她灵巧迅速地跑出那间卧室，跑出宝哥家，跑到日光下，那段记忆，便像底片见了光，一片空白，那些第一次对性事的固陋、村俗的印象，便牢牢给关在那间卧室，甚至日后在光天化日下看到宝哥也无啥殊异之感，因此竟然真的再没想起过他，直到新婚夜。那时她想，宝哥做梦也不会想到吧，竟然有个女孩子在一生中重要的那一刻时光里曾想到他，尽管是那样一种奇怪的方式。

其实不只宝哥，还有很多很多的男人，令很多很多的女孩在她们的初夜想到他们。

他们大多叫作老张、或老刘、或老王（总之端看他们姓什么而定）。

通常一个村子只有这样一名老×，因为他单身，又且远过了婚龄大概再没有成家的可能，又往往仅是士官退伍，无一技之长，便全村合力供养他似的允许他在村口的村自治会办公室后头搭一间小违建，贴补他一点钱，自治会的电话由他接，一些开会通知由他挨家挨户送，路灯坏了也由他修，他村的半大男生结伙来本村挑衅时，他会适时出来干预，冬天在村外围一堆小孩看他烤一只流浪来的小黑狗，夏天在发出浓烈毒香的夹竹桃树下剥蛇皮煮蛇汤的，就是老×。

他们通常大字不识一个，甚至不识自己的名字和手臂上的刺青，但他们是村里诸多小孩的启蒙师，他有讲不完的剿匪故事、三国水浒、或乡野鬼怪故事，尽管他们的乡音异常严重，可是小孩们不知怎么都听得懂；尽管他们的住屋像个拾荒人家，可是小孩简直觉得那是个宝窟，有很多用桐油擦得发亮的子弹头（你若愿意在停电的夜晚跑过可怕的公墓山边、替他到大街上买一瓶酒回来的话，他大概会送你一颗），有不明名目的勋章，有各种处理过的虫尸蛇皮，有用配给来的黄豆炒成的零嘴儿，还一定有扑克牌、残缺不全的象棋或围棋，而且他会教你下，替你算命。

然而，总要不了太久（端看那名老×的性欲和自制力而定），常出没其间的小孩们就会起一种微妙的变化，当孩子们里必然会有的那个比较好吃、或娇滴滴爱撒娇、或胆怯不敢违拗大人的……我们叫她小玲吧，当小玲也来老×的破巢时，其他小孩便如同动物依本能地远离一只受伤病痛的同伴似的远远离开小玲，离开小屋……

大多数小孩并不知道空气中的不安和危险是什么，只有那几个胆大些的小男生，终于有一天，会躲在窗外好奇偷窥，他们通常会看到老×与小玲做奇怪的事，不是他褪去衣裤，就是把小玲也褪去衣裤，这些老×通常因为自己的性能力以及谨慎怕事的缘故，不致把小玲弄流血或弄到晚上洗澡时会被母亲发现的地步，但通常小男生们不及看到这里就已经全跑掉了，基于一种好像闯了祸的心情，他们都不告诉其他同伴，甚至也不警告自家的姊姊妹妹，而且他们仍然出没老×的小屋，有时听故事或下棋的空当，会刹那间失神，盯着老×的裤裆并回忆他的大玩意，没有任何评价地只觉得哇操他真是一头大兽王！

至于小玲，早晚有一天，会在与女伴交换秘密时讲出老×对她做的事，她得到的反应通常有两种，一是对方立时也眼泪汪汪、抓紧她的手，不管以后她们还有没有再去老 × 处，但童年时光里她们大概会是一对最要好的朋友。不过比较多的反应是，对方渐听渐露出陌生警戒的目光，悄悄退去、远离，不一定会泄露出去这个秘密，但同伴们都动物一样地迅速感受到这个讯息，一点不想探究地也离小玲远远的，任她自生自灭。

但是好奇怪的这些讯息永远只能横的传开，都不会让小她们几岁的弟弟妹妹们知道，因此每一届都无可避免地或多或少有几名小玲。当念中学的老小玲发现妹妹及其同伴有些神秘难言的行迹时，比较大胆的老小玲就会呵斥妹妹："叫你们不要去老 × 家玩！""你小心让妈知道了好看！"

骂完不禁奇怪为什么自己从来没想过告诉妈妈。每一个小玲差不多都如此，以致那些老 × 们都得以安然活到二十、三十年后，当这些小玲们陆陆续续结婚，或与心爱男友的第一次，都会想起那个遥远年代遥远村子遥远小屋的老 ×，比较传统保守的小玲们担心自己的处女膜可还完好，健康开朗些的小玲们则流下衷心快乐的泪水，深深感激抚在自己身上的，不再是一双迟疑却又贪婪的苍老的手，而是如此地年轻有力、清洁、有决心……

这些自然是老 × 们想都想不到的，因为在那一刻的同时，老 × 们正全心全意发愁手臂上的那些刺青可要如何去掉，以利于他们的返乡探亲。有大胆些的人便率先去整形外科处割掉那片刺青的皮肤，所以，假若你在八七到八八年间，在街上看过年近七十、单手膀上裹着白纱布绷带的外省老男人，没错，他就是老 ×……连你都无法想象吧，他们正是多少女孩在初夜会想起的男人，当然，至此我们已不用去追究她们是基于何种心情了。

看到这里，你一定会问，那妈妈呢？妈妈们哪儿去了？都在干什么？不然怎么会如此地疏于照顾保护子女？

妈妈们大概跟彼时岛上普遍贫穷的其他妈妈们一样忙于生计，成天绞尽脑汁在想如何以微薄的薪水喂饱一大家子。若是大陆来的妈妈，会在差不多来台湾的第十年，变卖尽最后一样金饰后，在那一年的农历新年一横心，把箱底旗袍或袄子拿出来改给众小孩当新衣，无须丈夫们解说该年九月的雷震事件，或是进一步地泄露军机，她们比什么人都早的已与朝中主事者一样自知回不去了。

妈妈们通常除了去菜场买菜是不出门的，收音机时代就在家听《九三俱乐部》和《小说选播》，电视时代就看《群星会》和《温暖人间》，要到谁怕谁的时代才较多人以麻将为戏，不再理会眷补证上印的可怕罚则（例如第一次抓到断粮 × 个月，第二次抓到……），通常法太严则不行，若有谁家明目张胆传出麻将声，几天后，该邻官阶最大的那位太太就会登门不经意地闲聊恳谈一番，当然，若打麻将的那家就是该邻或该村官阶最高的，也就是住家坪数最大、最先拆掉竹篱笆改盖红砖围墙、最先有电视的那家，此事大约就不了了之了。

但往往妈妈们的类型都因军种而异。

空军村的妈妈们最洋派、懂得化妆，传说都会跳舞，都会说些英文。陆军村的妈妈最保守老实，不知跟待遇最差是否有关。海军村的打牌风最盛，也最多精神病妈妈，可能是丈夫们长年不在家的关系。宪兵村的妈妈几乎全是本省籍，而且都很年轻甚至还没小孩，去他们村子玩的小孩会因听不懂闽南语、而莫名所以地认生不再去。

最奇怪的大概是情报村，情报村的爸爸们也是长年不在家，有些甚至村民们一辈子也没见过。他们好多是广东人，大人小孩日常生活总言必称戴先生长戴先生短，仿佛戴笠仍健在且仍是他们的大家长。

情报村的妈妈们有的早以守寡的心情过活，健妇把门户地撑持一家老小，我们可依其小孩的年纪差距推断出丈夫每次出勤的时日长短。另有些神经衰弱掉的妈妈们则任一窝小孩放野牛羊似的满地乱跑，自生自灭。做小孩的都很怕学期开始时必须填的家庭调查表，有一个长年考第一名的女孩甚至快要受不了地伏桌痛哭起来，深怕别人发现她的与众不同，因为父亲工作要掩护身份的关系，一家都跟母亲的姓，她觉得很难堪，乃至曾有一名小玲以老×的事与她交换最高机密时，她都违背约定地坚不吐实。

至于那些为数不少、嫁了本省男子、而又在生活中屡感不顺遂——例如丈夫们怎么不如记忆中的外省男孩肯做、必须分担家事，因此断定他们一定受日据时代大男人主义遗风影响所致；例如每逢选举，她都必须无可奈何代替国民党与丈夫争辩到险险演成家庭纠纷——因而会偶觉寂寞地想念起昔日那些眷村男孩都哪儿去了的女孩儿们，我在深感理解同情之余，还是不得不提醒你们，不要忘了你曾经多么想离开那个小村子，这块土地，无论以哪一种方式。

记不记得你在成长到足以想到未来的那个年纪，尽管你还正在和村中的某个男孩恋爱，那些个乘凉或看《晶晶》连续剧、父母因此无暇顾及的夏日夜晚，满山的情侣（之前或之后，你会在田纳西·威廉斯电影里发现到几乎一模一样的情景，保守、炎热、父权、压抑的南方小镇里那些在夜间冶游、无法说明自己的心灵和身体在饥渴些什么的大男孩大女孩），你们在喧天的蝉声里一面发高烧似的热烈探索彼此年轻的身体，一面在心里暗暗告别，自然大多的告别是因为没考上学校的男孩就要去服役或念军校了，但更多时候，是女孩们片面好忍心的决定。

记不记得？你，错过时机尚未走成的女孩——五十年代，嫁黑人嫁 GI 去美国的；六十年代，出国念书或去当歌星影星，因为发现唯有此业是收获耕耘可以大不成比例，宜于经济起飞年代一无本钱而想一夜致富的人从事。你渐渐很不耐烦老在村口克难球场群聚终日的那些等待兵役期、抽烟打屁、除了打球无所事事的幼时玩伴（尽管他们曾经是你太想一道涸迹终老的伙伴），并非因为你行经那儿时，总会飘出几句发自其中一名刚届青春期的男生泄欲式的脏话，影射你的身材尺寸或器官，或大喊声："×××的蜜斯！"也并非有些男孩变得粗壮似野兽、并且也发出野兽一样很让你觉得陌生不安的目光和嗓音……

你只隐隐觉得，那些幼时常与你一道在荒山里探险开路冶游的伙伴，不再足以继续做你意欲探险外面世界的伙伴，你甚至不愿意承认你快看不起他们、觉得他们对未来简直有点不知死活。

于是，你会在离家念大学或开始就业时，很自然地被那些比起你的眷村爱人显得土土的、保守沉默的本省男孩所吸引，尽管他们之中也多有家境比眷村生活还要窘困，或比眷村男孩的动辄放眼中国、放眼世界的四海之志要显得胸无大志得多，但他们的安稳怡然以及诸多出乎你意料的对事情的看法，都使得你窒闷的生活得以开了一扇窗，透了口气。尽管多年后你细细回想，当初所感到的窒息郁闷也许并非全然因为眷村生活的缘故。

离开眷村而又想念眷村的女孩儿们，我深深同情你们在人群中乍闻一声外省腔的"他妈的（音'踏马的'）"时所顿生的乡愁，也不会嘲笑有人甚至想登寻人启事寻幼年的伙伴或甚至组个眷村党，因为你不甘愿承认只拥有那些老出现在社会版上、仅凭点滴数据但照眼就能认出的兄弟们（如×台生，山东人，籍设高雄左营、或冈山、或嘉义市、或杨梅埔心、或中和南势角、或六张犁、南机场……那些个从南到北、自西徂东、有名的大眷村集结之地）。也不愿意搭计程车时，听到司机问："你要去ㄋㄚˇ（哪）里？"以及一遇塞车就痛骂国民党和民进党的，你望着他后脑勺的几根白发，当下可断定他是那批气宇轩昂意气洋洋、专修班出来还自愿留营以尽忠报国，而后中年退伍不知如何转业的×家×哥……除此之外，眷村的兄弟们，你们到底都哪里去了？

所以你当然无法承受阅报的本省籍丈夫在痛骂如李庆华、宋楚瑜这些权贵之后夺权斗争的同时，所顺带对你发的怨怼之气，你细细回想那些年间你们的生活，简直没有任何一点足以被称作既得利益阶级，只除了在推行"国语"禁制闽南语最烈的年代，你们因不可能触犯这项禁忌而未曾遭到任何处罚、羞辱、歧视（这些在多年后你丈夫讲起来还会动怒的事），尽管要不了几年后，你们很快就陆续得为这项政策偿债，你的那些大部分谋生不成功的兄弟们，在无法进入公家机关或不读军校之余，总之必须去私人企业或小公司谋职时，他们有很多因为不能听、讲闽南语而遭到老板的拒绝。

大概非眷村，或六十年代后出生的本省外省人都无法理解，很多眷村小孩（尤其他们居住的若是个有菜市场、有小商店、饮食店及学校等的大眷区），在他们二十岁出外读大学或当兵之前，是没有"台湾人"经验的，只除了少数母亲是本省人，因此寒暑假有外婆家可回的，以及班上有本省小孩而且你与他们成为朋友的。至于为数众多的大陆籍妈妈们，十数年间的唯一台湾人经验就是菜市场里那几名卖菜的"老百姓"，因此她们印象中的台湾人大致可分为两种：会做生意的，和不会做生意的。

正如你无法接受被称作是既得利益阶级一样，你也无法接受只因为你父亲是外省人，你就等同于国民党这样的血统论，与其说你们是喝国民党稀薄奶水长大的（如你丈夫常用来嘲笑你的话），你更觉得其实你和这个党的关系仿佛一对早该离婚的怨偶，你往往恨起它来远胜过你丈夫对它的，因为其中还多了被辜负、被背弃之感，尽管终其一生你并未入党，但你听到别人毫无负担、淋漓痛快地抨击它时，你总克制不了地认真挑出对方言词间的一些破绽为它辩护，而同时打心底好羡慕他们可以如此没有包袱地骂个过瘾。

然而其实你并非没有过这种机会，记不记得有几次你单独携小孩回娘家的时候，你不也是如此在晚饭桌上边看电视新闻边如此大骂国民党吗？只因为从政治光谱上来看，此时没有人（你丈夫）站在你的左边，所以你可以难得快乐地扮个无顾忌的反对者，只因为你很放心这种时候你的右边总会有人（你老爸）出来，为这个爱恨交加、早该分手的党辩护。

你大概不会知道，在那个深深的、老人们烦躁叹息睡不着的午夜，父亲们不禁老实承认其实也好羡慕你们，他多想哪一天也能够跟你一样，大声痛骂妈啦个B国民党莫名其妙把他们骗到这个岛上一骗四十年，得以返乡探亲的那一刻，才发现在仅存的亲族眼中，原来自己是台胞、是台湾人，而回到活了四十年的岛上，又动辄被指为"你们外省人"，因此有为小孩说故事习惯的人，迟早会在伊索寓言故事里发现，自己正如那只徘徊于鸟类兽类之间，无可归属的蝙蝠。

总而言之，你们这个族群正日益稀少中，你必须承认，并做调适。

然而其实只要你静下心来，凭借动物的本能，并不困难就可在汪洋人海里觅得昔年失散、或遭你遗弃的那些兄弟们的踪迹：那个干下一亿元绑票案的主谋，你在还来不及细看破案经过以及他的身份简介时，只见他向记者们朗朗上口的诗句："慷慨歌燕市，从容作楚囚，引刀成一快，不负少年头。"你不是脱口而出："啊，原来你在这里！"

初中那年，你们不是曾经被一个新来的国文老师所迷惑，只因为那位五十来岁、一口湖北腔的单身男老师总喜欢讲课本以外的东西；他就曾经含着眼泪，以评剧花脸的腔调诵完少年汪精卫这首刺摄政王失败的"狱中口占"，你不是还边认真地把全诗抄在课本空白处，边疑惑你所学过民国史里的大汉奸卖国贼，怎么也有这种看似像个人的时候，那个国文老师大概正因为老是触犯此类禁忌之故，学期结束就又调走。

多年后，你猜他绝对不知道自己当年曾开启过多少热血少年的心志，又或让他们以为找到了使他们动机看似神圣正义的理由。

所以，原来当初那些盘踞在村口、你觉得他们只敢跟自己人或别眷村好勇斗狠、却没胆出去闯荡世界的 × 哥 × 弟们，就在他们中间，就在你要弃绝他们的同时，有人正在磨刀霍霍，结群结党，暗暗在全岛干下无头抢案数十起并杀人如麻，破案时，你不须细看报上的说明他们这个强盗集团是新竹光复路某某眷村的子弟，你仅凭他戴着手铐脚镣的相貌就可呼出他的小名；乃至十数年后远赴美国深信自己是为家国锄奸的 × 哥，你丝毫不吃惊他仅仅不过想印证那句奉行半生的"引刀成一快，不负少年头！"

当然村口的那些兄弟们不尽都是如此之辈，一名涠迹其中、跟其他很多人一样去跑船的沈家老大，二十年后，你不难在报上访问他时，清楚嗅出他的眷村味儿，当大约全岛都不相信他要把那块唐荣旧址变更为商业用地并非只了赚取暴利，而是想盖一幢他做海员时在其他美丽的国家看到的美丽建筑时，大概只有你相信他所说的是真话，并惊叹且同情这名身价百亿的成功证券商，为何还可怜兮兮如你们十数年前、对家国如此抽象却又无法自拔的款款深情。

　　类似此的还有那个、有没有？好像是第五邻第一家，在家门口开个早餐摊，常帮妈妈洗洗弄弄找钱的王家煊哥，三十年后，你每见他以"财政部长"的身份在报章、电视等媒体大力推销他的政策时，你以女性的直觉并不怀疑他的操守、用心、专业有何问题。只是他那股言谈间弥漫不去"以国家兴亡为己任"的浓浓眷村味儿，让你觉得因为太熟悉了而反倒心烦意乱，但毕竟也每足以让你百感交集的喟叹："噢，原来你在这里，眷村的兄弟。"

　　所以，那些兄弟们，好的、坏的（从法律观点看），成功的、失败的（从经济事功看），存在的、不存在的，有记忆的、遗忘症的、记忆扭曲的……请容我不分时代、不分畛域地把四九到七五（蒋介石消逝、神话信念崩溃的那一年）凝冻成刹那，也请权把我们的眼睛变作摄影机，我已经替你铺好了一条轨道，在一个城镇边缘寻常的国民党中下级军官的眷村后巷，请你缓缓随轨道而行——音乐？随你喜好，不过我自己配的是一首老"国语"流行歌《今宵多珍重》，上过成功岭的男生都该会记得吧，每天晚上入睡前营区放的："南风吻脸轻轻，飘过来花香浓；南风吻脸轻轻，星已稀月迷蒙……"

我们开始吧——

不要吃惊，第一家在后院认真练举重的的确是，对，李立群……除了喘气声，他并没发出任何噪音，因此也没吵到隔壁在灯下念书的高希均和对门的陈长文、金惟纯、赵少康……

我们悄声而过，这几家比较有趣得多，那名穿着阿哥哥装在练英文歌的是欧阳菲菲，十六岁但身材已很好的她，对自己仍不满意，希望个儿头能跟隔壁的白嘉莉一样。当然你不会吃惊看到第四家的白嘉莉正披裹着床单当礼服，手持一支仿麦克风物在反复演练："各位长官、各位来宾，今天我要为各位介绍的是……"

别看呆了！你。第五家凑在小灯泡下偷看小说的那个小女孩也很可爱，她好像是张晓风、或爱亚、或韩韩、或袁琼琼、或冯青、或苏伟贞、或蒋晓云、或朱天文（依年龄序），总之她太小了，我分不出。

当然不是只有女孩子才爱看闲书，我们跳过一家，你会发现也有个小兄弟在看书，什么？你连蔡诗萍和苦苓都分不出？都错了，是张大春，所以我们顶好快步通过，免得遭他用山东粗话噜，是啊！他打从小就是这个样儿……

隔壁刚作完功课、正专心玩办家家酒的一对小男生小女生，看不出来吧，是蔡琴和李传伟。当然也有可能是赵传和伊能静。

第九家，一名小玲默默在洗澡。

第十家，漆黑无人，因为在念小学的正第、正杰兄弟俩陪母亲去索讨父亲托人遗下的安家费，他们就是我们提起过的情报村的，打从他们一家迁居至此，村民们就从没有看过他们的父亲，直至差不多三十年后……

第十一家……

（我俩临别依依，要再见在梦中。）

……

啊！

想我眷村的兄弟们。

《中国时报》人间副刊

一九九一年九月十日～十一日

# 从前从前有个浦岛太郎

一封封喋喋不休令他羞涩不堪的痴人说梦，乍时随同所有拆与未拆的无数信件卷成狂舞的白烟，袅袅升空，不用照镜子，也不用第二眼，他知道自己成了白发老公公。

在秋天，日夜等长的季节，他回到这个城市。

用不着看第二眼，就知道这是一个人们漫不经心却又倾尽全力所建造的潦草城市。

为了持续地保护自己，他好会写检举书，当然在文件上，他名之为"声明疑义异议书"，投寄对象不一，最早是管区警察（但不久他就发现管区的某警员就是监视他的谍报员），后改为某市议员，但该市议员在他投诉六封之多后，只回了一薄本印刷精美、过期的竞选政见手册。

因此目前他同时投寄两个对象，一是该区选出的新"立委"，一是昔年他的大学同班同学，现在某公立大学政治系任教的黄新荣教授。

花了好多的邮费和影印费（他非常谨慎地一定保留影印本），他断定他所居住地区的邮政支局有了问题，他常收不到该收到的信，他也仿佛寄不出哪怕是附了双挂号的邮件。

那日，他写了封检举该支局的函件，突破他日常在城市中的动线，确定无人跟监后，到北门的夜间邮局去，苦苦思索一个晚上，想不出投递的对象，最直觉的当然第一个想到邮政总局局长，但是官官相护的必然结果，即使升高到"行政院长"，他也不清楚是否可能都已被谍报系统收买或控制。但为了不晚过最后一班公车时间，他到底在信封上胡乱地写了一个陌生的单位。

挂号窗口排队等候之时，他瞥见排他前面一名的老芋仔，手中持的信封上，毛笔字工整地写着"台北市'总统府'蒋经国尊鉴"，宁静等候的神态让他骇然，突然困惑起小蒋死了已两年的事是做梦还真的，还没轮到他，拔脚离去，那一行人手一信安静的队伍，好像一列等候买票去阴间的人。

或许拜托老蔡吧，投入一个寻常路边的绿色平寄邮筒，他不信现今的特务能效率如此高地布防全城的每一个邮筒。

当晚，他又将前时密集投送的"反对十二年义务教育"一式誊写二份，一寄国民党党报（以免动机被抹黑、抹红），一寄该区"立委"，无论如何他要在此事成真之前，尽一切力量阻止，否则义务教育一旦延长成十二年，他的孙子君君，会因为祖父过往的记录，名正言顺地遭到不公不义的待遇。聪明的君君，凭实力一定可以考上好高中的君君，特务们正可以勾结老师，做出无法让他升学的评鉴。

他轻易地又被猛烈袭来的强烈恐惧激怒得无法入睡，于是在心不在焉上完厕所后，继续进行近来着手的意见书，关于同性恋、恋物癖、手淫、口淫、兽奸……这些他曾经待过的世界中极其普通寻常的事，竟是他睽违三十几年的城市如此风行公开的事，其实，他是赞成的，从人口控制的观点看来，这些都足以充分发泄性欲而无人口爆炸之虞，但是具有同样功效同样风行的独身、自杀、监禁、阉割（避孕），他却无法苟同。选择独身、阉割的人，该是对人类的前途感到悲观、谨慎的人吧；自杀者，该是对自己生命负责、自制、有思省能力的表现；至于受监禁者，无论如何就人类这种动物来说，他们是仍保有动物冒险犯难、充满变异特性的稀有族群。然而后面这些人种的注定减少消逝（自杀、监禁、独身），劣币驱逐良币的将是一个愈来愈趋疾弱的人们的世界，所以……

所以，他思索了好多日，并归纳不出个结论来，好比因此他应该要主张什么、反对什么。结论迟迟出不来，他倒花大部分的时间在忧烦这番意见该投诉哪里才适合，与什么人的利益、立场可能一致，与什么人的又相冲突，当然首先他必须突破那无所不在、反对、封杀他的特务集团。

凌晨四点多，循例厨房内起了似宵小似老鼠的摸索声，那是他的妻起床的时间，妻通常看完八点档连续剧就与君君一道入睡，四点多，至迟不会晚过天亮时刻，他与妻像卫兵一样地换班，不点灯，不发一言，错身经过餐厅旁窄窄的甬道，从没碰撞过彼此一下。

他从来不知道在他入睡后的妻，在做什么，离清晨市场还有一段时间，他甚至不知道这段时间她在不在家，他只觉不方便探究，如同不便探究他的妻、子这三十年来是如何过的。两年多来，他无时无刻不小心翼翼，他不希望因为自己的闯入，带给任何人任何的不便与改变。

属于他的睡眠时间，通常只有四个多小时，但他因此都睡得很沉，不用做梦。

醒来的时候，自然也非从迷茫的乱梦中挣扎起，那时床前通常已站着自己吃好早点、穿好幼稚园围兜的君君，正大力摇晃着他的腿，忧愁的脸色因他的终于醒来而乍现笑容，大概沉眠、消瘦、久摇不醒的老人，总给即使才六岁的小孩也感觉得出的一种死亡的恐惧无常感吧。

已经是第三年了，从开始接送君君上幼稚园。

起初，为了摆脱特务的跟踪，每天换不同的路线，但是二十分钟不到的脚程，实在变不出太多花样，渐渐地，变得其实好规律，礼拜一走 A 路，礼拜二走 B 巷，礼拜三穿越 C 工地，礼拜四走 D 老市场街（因为每星期的那一天会有一个卖金鱼的小贩出现），礼拜五……尤其其中一个路口建地下道建了两年，一个菜园正兴建七楼电梯公寓、一条小巷被人家擅自圈了做修车厂，这都使得他可行的路凭空少掉一半。

　　刚开始时，还得分神应付啼哭不愿上学的君君。他抱着君君，逃难似的四顾张皇，怕他的号啕声便于引来可能刚才摆脱的特务，有次情急，未估量距离地跳跨过菜园里的粪池，稳不住重心地栽倒在一丛野草堆中，君君被他突然的大动作吓得止了哭，他则被一种强烈的熟悉气味搅迷惑了，身下被他压折的种种野草一致发出攻击性的毒味儿，他半天动弹不了，沉入其中，好奇地努力解析着：有夭折小杨桃果落土后的腐烂，淌着涩绿汁液的尤加利，频频被修剪成尖塔状的龙柏的宿命，生气的脚步践踏过后的软芝草坪，开满印度莲的水池边，幺妹与邻居小孩仰起脸来不怕被拒绝地邀请他一起用餐，红瓦片中的荆芥花泥、穗状的槟榔花饭、竹叶编作的鸡腿、黄泥巴米酱汤、充满黏液的石蒜细叶面线，饭后水果有一大盘、早夭的龙眼落果、七里香艳红的果实、美人蕉有黑有白的种子、桃树树干上取下的半透明的树脂（强被揉塑成圆形以致上面布满了各家指纹）、龙葵的黑甜籽（只有这样真的可吃），一旁两支从父亲诊疗室偷来的废弃空药瓶分别装着蚂蚁洞口的细泥粒作盐或糖、另一瓶作酱油的大概真的是从厨房里偷来的……

他未停下脚步地行过她们，清楚感觉到被凌迟的植物们发出的强烈求援气味。更多时候，他躺在晒得到日光的二楼榻榻米上读乐谱，只要掉头向窗，就可轻易看到尤加利树上的父亲，有种种日本人生活习性的父亲，仿效日人每年的修直杉树，但亚热带植物的强悍生长方式简直激怒父亲，只要规律作息之外的任何时间，他都赌气似的随时反复修剪院墙外的三十几株尤加利，不接受任何人帮忙，不准母亲站在梯下仰脸请求并提醒他已四十几或五十岁了。

那时候，他翻身伏在榻榻米上，让日光照在裸露的腿肚，他舒适地深深感叹，列宁说，我们是布尔乔亚的空谈者……

高与他窗齐的槟榔刚过花期，被日光炙烧出一种温香，与新被剪过的种种植物混合成似有形体的一面网络，透过那层气味，他望见树上猴子似的父亲，一手缘树，一手拿锯子……革命巨斧既能伐木，又何必剪枝。至今他都记得这句话曾经给他如何剧烈的战栗与兴奋。

这一天，他和君君选了一条通衢大道，原因无他，路口新开了一家超商，每天都会推出种种特价的新奇事物，君君不进去略事盘桓是决计不肯顺利上学的。

拦路大盗似的那家商店之于他，他坚决除付账时不愿进去，但因为君君，什么时候他淡去了怨憎，只剩口头禅地念叨："这些资本主义！"要到好几天后才认出映在光鲜玻璃门上白杂鬓发、宽衬衫宽裤腿稻草人一样的是自己。其实，他很愿意穿得整齐些、好些，起码像路上的其他普通人，总不致引人、当然尤其是特务们的注目……可是竟然有一种困难，他原来打算捡拾的那些儿子的衣服，小衬衫领、打了皱折的宽腿裤，是记忆里父亲辈的欧几桑穿的，他以为自己至多三十几岁，一度老以为君君是他儿子，因此必须常常提醒自己，费尽力气调整感情，虽然不明白祖孙和父子的感情到底必须有何差异，也不明白昔年对年轻妻子的爱欲与目前这共居一室的退休小学教师的老妇有何关系。

他曾在刚回来不久的一天，徘徊在车水马龙的十字路口一整个下午，跨不出横越马路的脚步，与其说是畏惧川流不息的人车（其实他年轻时这个城市的交通曾更乱若电影中的印度非洲市集），不如说，他根本还找不出一种秩序、频率——属于这个城市的人互相约束、愿意遵从的底线——得以让他插足。

通衢大道连行数日，不知是不是路上人多车多之故，竟无法分辨出特务的踪影，这使他有种无措之感，改朝换代，却一点改不了监控他的指令。一次在他与跟他一样念过大学的大妹妹惠理通电话时，由于又有杂音不断干扰，他告诉惠理注意小心说话，因为他们此刻正被监听。

惠理是怎样一种无情的口气：“拜托哟，要监听也轮不到你，全台湾起码有一百万人排在你前面，什么时代了真是！"

这正是他所担心的，什么时代了，他们跟监构陷的技术愈发无形无声，难以抗拒。好比目前最大的问题，君君过了夏天就要进小学了，竟然才发现学区出了问题，历经户政事务所的三度进出后，他断定那里已遭特务接收，他转去管区告发（也就是那次接触才发现管区也全遭情治单位收买），管区的说他所居现址是空户，此时硬要随同他去的老妻努力微笑小声提醒他一些事，包括他为了闪避特务的纠缠，曾迁过数次户籍，最近的一次确实是停留在中坜做便当批售生意的儿子（君君的爸爸）处。

他最憎厌平日冷薄衰老的妻现出那种委婉温柔的笑脸，把他当作神经病似的安抚。但他当下不再争辩，掉头就回家，大大出乎老妻的预料。

竟然拿君君开刀！

两个孙子里，君君从小显现得就特别聪明，所以儿子媳妇舍得留他在台北，为的想进好学区的明星学校，大孙子小伟就在中坜跟着爸妈身边念普通小学。

他的一生没做任何事就老衰了，就比他在榻榻米上望着的树上的父亲那时还要老，可是他的身体状况又很好，虽然瘦，但他从少年起就一直是瘦高的，长年在那岛上的劳动生涯和为了年度运动大赛所日日锻炼的长泳长跑，他自觉在生理状况上，只会比一身现代病的儿子好。他曾经像青春期春情发动的少年窥伺他的妻，昂奋地悄悄尾随她摸索家事的身影，数日下来，筋疲力尽地发现她比记忆中的母亲还要年老，这往往使他失去现实感。

只读报纸政治新闻的他，恍如隔世发现活跃着的那些名字怎么跟他离去时如此一样，没有人死，没有人老，只是多出一些陌生的至亲，消失一些思念中最熟悉的人影，因此除了困于特务的骚扰外，他并不大抱怨这三十几年，因为他的离去，不知怎的其实外面的世界也按了暂停按钮似的，谁也没差谁太多。

**·声明疑义异议书（兼检举书） 79 检字壹拾陆号**

缘李家正目前任翻译日文自由业，偶外宿（子设籍中坜处），类似情况倘构成空户，则依法理，刘国昭、朱高正等人也属空户，不应提名"立委"候选人？无论如何，吕进兴、陈桂珠夫妻（自居邻长及谍报员）共同诽谤诬告"李家正是通缉犯、放火前科、通缉户……"，属共认事实？！此外，如下疑义异议：

Q1. 李家正目前设籍于其子所有房地产（坐落于

桃园县中坜市××路××号）户口，而李妻邱玉兰及孙李宗君设籍地名义所购屋（坐落于台北市古亭区××路××弄××号×F），但户政员说："依学区制法令，夫妻不能分开设户……"请问依法何据？滥权、渎职？

Q2. 有何证据足证李家正始终未住其妻所设籍户屋？在家时故意不查访。

Q3. 既能查察李不在家，何不能查察李之邮件，公私文书被窃占；摩托车被损毁；该里邻多年来其他空户空口及霸占工地之违建物？

Q4. 本年一月十九日过午夜，有两男分骑女机车（牌八六—六六四一号）及白色速可达型，分载吕进兴、陈桂珠夫妻回家，李若不居此，何能察知？又李妻何能知道该里邻户校日期、地点，前往户校备具受理？

Q5. 所谓"分层负责"是否授权而推诿户政警政官员类同法官判定"空户"，就强制执行（拒绝受理前往户校，或定期户校及拒绝里长发放身份证？）

一九九〇年六月十六日

异议（检举）人：李家正印

54

这就是他一寄再寄，无所不寄，仿佛永远寄不出去的书信，因为他已采用过各种投递方式，投递往他所能想象或许尚未被特务渗透的单位、人（包括报社记者、作家，他并提醒一位作家，文学是一项神圣而须负责的公共服务）。

但从没接过任何一封复函，除了那名市议员，但因此反倒显得非常怪异，左思右想，只能断定，该市议员想吸纳他，四年后作为他的助选员，他看过一次的。去年的年底大选，竞选台上，一个他的老同学，不用看第二眼，不明的年纪、过时而竭力整洁的衣着、讷讷的话语、恨不能躲过所有人注视的神色……他台下看了快掉出眼泪，他绝对绝对，绝对不要猴子一样，或像出土古物似的被人当众展示，管他哪个党、哪个派，甚至是可能替他伸张正义的党派。

揣着又重新誊写过的检举信，今天的他，心不在焉得非常有耐性，等君君挑好零食后，边走边上他们的英文课，君君念的是双语教学的幼稚园，日常会话朗朗上口不算什么，他已经能记得很多单字拼音。

这会儿，君君念着包装纸上的字母问他："A. N. T. I. O. X. I. D. A. N. T. 是什么呀？"

是一种抗什么氧什么化剂类的吧……他不想胡乱回答君君，也忍耐住想告诉他的，这个字可以不必记得，可能一生也用不上一次。他喜欢趁君君精神专注时，教他最重要的东西。瞬间就能记下事物的小孩子新鲜空白的脑子，屡屡还是叫他叹服。他教君君，P.E.O.P.L.E, PEOPLE，他认为最美丽的字，教他，GORKY，忍住颤抖向君君简单解释着……高尔基先生，费力抵抗着这个产生于上个世纪末的字眼所带给他从未减弱的冲撞。

他久久不再言语，无法继续教下去，他不想替君君做决定，决定什么字是有用的，什么字是没用的，什么字是一生也用不上一次的——属于君君的未来的世代——antioxidant，或是，高尔基先生。

日安，高尔基先生。

曾经，他像世纪初无数的俄国青年一样，热烈阅读高尔基的作品，衷心追随其种种行径和志业，虽然他的生日其实恰与契诃夫同一天，成长的是一个与契诃夫童年同样严肃无聊的小镇，但他的出身毋宁与贵族地主之子的普希金要更相似得多。因此他以为必须比同侪任何人都要付出加倍的牺牲，近乎自残地（老蔡形容他的用词）为人民服务、向人民学习，因为只有人民，PEOPLE，才是具备有种种诸如和善、忍耐和真正智慧的人种。而自己，不必做任何努力，坐享出身和教育所带来的社会地位和富裕，他自惭地想尽办法脱离他来自的那个阶层。

他曾经答应山里的那些佃农们，只要有一天，他承继了父亲的财产，那些山林，他一定立时全部发放给他们，不需要任何条件，只除了他们必须继续耕种使用，不可以把自己分得的土地卖给其他出得起钱的人，以致再造出个地主来。他向他们清楚地宣示。

到现在他还能记得那一张张脸，那段日子他已非常熟悉的——风霜的、沧桑的、布满智慧皱纹的、帝俄农奴似的——一致地并没对他的一番话做出任何反应，他一点都不吃惊不气馁，因为他已在脑中演练过好多次那个场面，托尔斯泰《复活》中的主人翁聂赫留朵夫宣布要把所有土地分发给农奴们时，农奴们不仅不感激，还愤怒地以为主人是打算进行更奸苛可怕的计谋，换一种方式以便收取更多的田租。

聂赫留朵夫所遭到的种种质疑、抗拒，起码他并没有，他望着月光下看不出表情的沉默的人们，晒场上，从早响到晚的蝉声，其实自成一种寂静的意思，四周高大的相思树丛被风掀得一顿一顿，因为看不仔细，老让他以为置身在初夏的白杨树、核桃树、枞树丛围绕的农庄，林中有夜莺啼叫，空气中应该是丁香花苹果花和松脂的香味……当然他只嗅到晒萝卜干和阿芳嫂在大灶上煮猪食的酸馊味。

他试着引发问题："我认为，土地是不能够买也不能够卖的，不然拥有土地的人便可以向没有土地的人做种种要求。因此，我很抱歉，替我父亲，他有这么多的山林，但是既然已是事实，就让我们一起来想个方法吧。"他说得很慢，因为用方言说那样的话语，是很不容易的。

但是他们没有任何反应，只一个坐得远些的做短工的，停了手里本来在小声撩拨的自制乐器。他只好继续地提出准备好的结论："所以，我不再想占有土地了，我们应该可以预先想一想，到时候要怎么分。"

一名老人，大约算是他远房叔公妻族那边，忍耐不住尴尬地笑起来，没有牙齿的声音嚷道："到时候大家就平分吧，宝将。"

山里的人，不分男女老少都以日语发音的"少爷"称他宝将。虽然完全是哄他的语调，但与书里情节的发展倒差异不大，他因此提出自己早预备好的反驳："都平分的话，那些不耕作不使用的人我们也让他分一份吗？阿里伯在台中读商业专科的老大，乡公所的阿义哥，年底要嫁去台南的芳幸姊呢？他们假使把自己的那份土地卖掉，有钱的人就又可以控制需要土地的人了。"

"そうですれ……"原来是这样子啊。终于有人认真地发出叹息。

他振奋起来，顺势坚决地说："所以，谁耕种，谁就有份，谁不耕种，谁便没有，这个规矩我们必须先确定。"

有些奇怪的，他们并不议论纷纷，只阿义哥的养子大哥阿火笑着说："这样很好，这样很好。"

夏天的黄昏，阿火哥每隔十天半月总会挑着竹担来一趟家里，坚决不从大门进，都走柿树下那个偏门，而且不管待长待短，顶多只肯进到厨房。

阿火哥来过的当天晚上，饭桌上一定多一大盘荆芥炒田鸡、或田螺、或是炸鲫鱼扬物，山林里，除了采相思树做木炭和日本那阵子大量收购的香茅油，无法生产其他任何作物，也是这个因素，他尚无法因势利导，教他们亨利·乔治的地租观念，因为并无贫土沃土之差别，他甚至也暂时不能像聂赫留朵夫一样，向农奴们顺利地推行生产公社计划，到底他们不如帝俄农奴的一穷二白，而且他们的生产方式和工具，很简陋，很多样，每一家都不尽相同，他其实并不十分了解，就如同他父亲与这些佃农的关系好坏、如何缴租，他也不十分清楚，当然从佃农对待他父亲的方式，他想严厉的父亲当不致是严苛的，但也很难作准，或许他们对待他的客气、亲切，纯粹只是奴仆对统治阶级的不得不耳，就算他父亲是如何与其他地主不一样的宽大仁慈，到底不能脱离制度所必然保证他的宰制地位。

更多时候，他发现自己隐隐地拒绝去了解一切的细节，因为他发现充分地了解一切，只能使人原谅一切，失却力量。

那种时候，他最怕任何一个老人或妇人努力笑着打岔问候他："宝将，赤婴仔现在可爱吧？"

他因陌生而确实想不出赤婴的可爱行径，而且很不习惯他们像关心未来王储似的关心他的儿子，他只好回答："快三岁了。"然后一定会有人嘴快地接道："三岁乖，四岁呆，五岁叫不来，六岁掠来刣。""李先生一定很疼爱，长孙若末子。"

在场的人便会放松地大笑，或议论纷纷，仿佛这个话题比刚才那个要与他们切身，值得谈论得多。

这时候，他勉强只能想，或许因为这些山林到底还不是他的，他们自然无法认真思索眼前尚未发生的事。

可是那段日子是多么地美丽充实，比之前之后那些年间所发生的任何事情都要离现在近且清楚。

起先只是寒暑假才去，后来发现事有所成，只要能敷衍过质问他怎么又从所念大学的台北回来的父亲，他竭尽所有时间地待在山上。

往往，他走在不能再熟的山径上——必须先搭老客运车到终点，涉过牛背溪，只要下雨过后，木板桥一定在水线下，然后开始疾行一小时半、漫步则一倍时间的山路。大多数时候，他的心境是宁静快乐的，没有人烟的地方，生着遮天的相思树和杂树林，黄泥小路阴凉结实若水泥地，若有落叶，也散发着干香，林间隙地则爆生着木薯、野藤和应时的野花。

他特别记得，每当紫花野芙蓉和一串串白嘟嘟的月桃花被日头蒸出燠香的辛烈味儿时，就提醒他快近端午有蛇踪了。

通常，在他把《田园交响曲》哼完一遍时，就快到小溪涧的木板桥了，桥下有数块平坦的大石，被妇人们洗衣洗得碱白，他常在板桥上小立片刻，无法立刻分辨出水面上的竹子落叶和游鱼。

板桥过去渐有竹林或雪青色花串的金露花树丛，山里人习惯用这两种或扶桑花做围篱，这时候，田园宁静愉悦的乐音完全消失，他随着好像已熊熊响起的乐声扬声唱起：

"同胞们，大家一条心！挣扎我们的天明！我们并不怕死，（白）不用拿死来吓我们！我们不做亡国奴！我们要做中国的主人！让我们结成一座铁的长城，把强盗们都赶尽！让我们结成一座铁的长城，向着自由的路，前进！"

他尤其喜欢聂耳的曲，田汉的词，搭配完美的昂扬明朗，易于教唱。有时他唱到一半，从那些围篱丛中越出相同的歌声，有时竟是晒场边晒药草或剁猪菜的阿什么嫂，有时是在修理械具或正小憩的阿什么伯什么哥，总之，都是劳动的人民，他的同胞。

他告诉他们，这首歌来源处的歌剧《扬子江暴风雨》，并解说剧情，也教会他们唱同剧中的另一首歌《码头工人歌》，"成天流汗，成天流血，在血和汗的上头，他们盖起洋房来……"其实他同样也没看过那剧，是高中时代的数学老师讲给他们听的，他第一次读高尔基的《母亲》，就是数学老师用油印的分好几次给他们的。

高三那年，数学老师不意外地再也没有回来，他们那群排球队兼读书会的同学顿时瓦解，有的趁此禁绝了考大学以外的一切活动，有一些、像他、无暇悲伤得像头失了母亲的小兽，无法拣择地只管如何更加保命地偷偷生长壮大。

夜晚的场子上，他每天接续着念高尔基的《母亲》和《海燕之歌》及一些短篇，手上那本一九四六年"文学连丛社"出版的小说，因为经常携带翻阅、变得好湿好重。本来就很缺乏休憩生活的乡民，似乎颇为期待例行的这项节目，有次还才下午，山路上遇见刚从山里采野罗汉果回来的阿年伯母，她腆着脸鼓起勇气问他："到最尾那淑雅会弗会死？"

接下去的那段山路，他向她热烈地解释着，生死其实不那么重要，人的肉体总有消逝的一天，而精神能否遗留和利于人类历史的改造工程，才是有意义的。

他们甚至一起坐在一段横倒的树干上休息并继续讨论，阿年伯母教他如何用手剖开乡人叫作牛卵果的罗汉果，与他分食野果，谈论共同的亲人似的述说着淑雅的生平事迹。他费了很多心力在拉近旧俄与山里人们的世界，他将最常见的俄国女子名字"桑妮雅"译成"淑雅"，将"冬妮雅"译成"丹娘"，顿时果真成了他们熟悉的乡里女子。

他最难忘每当他念的告一段落、结束当日的进度时，总有片刻沉寂，妇女们有的抹着眼角，有窸窣之声，大胆一些的男人忍耐不住情绪发起一些简单的议论，有对、有不大对的，有他预期的，当然也有出乎他预料之外的，但其实大多时候，他自己也是热泪盈眶，觉得自己身历其境地经历一次半世纪前，那个他自书中深深了解、却永远赶不上的时代。

自然，他也还不致到莽撞的地步，毕竟只有在他独自一人面对平阔无人的溪山时，他才敢高举拳头放声唱道："韭菜开花一杆心，剪掉髻子当红军……"那激扬的歌声，奇怪轻易就被看似并不急流的溪水越石声所盖过，他只好以更澎湃的歌声唱起数学老师教他们的："起来！不愿做奴隶的人们，把我们的血肉，筑成我们新的长城……"唱他们来不及向数学老师唱的，一样是他教的毕业歌，也是田汉的词，聂耳的曲：

> 同学们，大家起来！
> 担负起天下的兴亡，
> 听吧！满耳是大众的嗟伤，
> 看吧！一年年国土的沦丧，
> 我们是要选择战？还是降？

我们要做主人去拼死在疆场，

我们不愿做奴隶而青云直上，

我们今天是桃李芬芳，明天是社会的栋梁！

我们今天是弦歌在一堂，明天要掀起民族自救的

巨浪！

巨浪！巨浪！不断地增长，

同学们！同学们快拿出力量，担负起天下的兴亡。

我们今天弦歌在一堂，明天要掀起民族自救的巨

浪⋯⋯


那歌词带起的铿锵的旋律，至今仍叫他无法抚平臂膀上
的鸡皮疙瘩。

他告诉老蔡，即将与昔年大学同学黄新荣教授见面的事，
他想好好把握住这个机会，不仅伸张自己这两年来被特务骚
扰的种种委屈私事，他更想做些有意义的建言。

"你知道，这几年他在报上有地盘，很常发表文章。"他
向老蔡介绍黄新荣，那黄新荣在接了他寄去的数封各种内容
的告密信、陈情书后，终于与他约了即将在这一两日碰面喝
咖啡。

"你应该刮刮胡子，理个发。"老蔡如以往一样，边听他
长篇大论、边笑笑地忙手上的活儿，叫他看不出他的真正意

见和反应。

老蔡比他早离开岛上几年，长年在通衢大道的巷口摆摊卖煎饼，只做葱油、萝卜丝、红豆沙三种，从和面拌馅包饼到油煎妥，完全独自一人。非不得已，他有时一旁会帮忙找钱装袋，因为他老会出差池，咸甜饼数弄颠倒，钱数要心算很久，总之琐碎不堪。

老蔡摊子生意很好，常卖不到晚上就原料告罄，老蔡都乐得收摊休息，至于味道如何他从没试过，但隔条巷子一样的货色要价一倍，大概是主因。

收摊后，常常两人就两张破藤椅歪着闲聊，那破藤椅都不用收，从来没人拿走。

中午一阵忙过，趁老蔡在读报，他拿出要托老蔡寄的信，念给老蔡听，中间曾被一个平头牛仔裤的年轻男人买饼所打岔，那男子循例又买了三种饼各一，只葱油饼要加摊个鸡蛋。

他望着那男子离去的背影，发恨地对老蔡说："真想在他饼里下个什么药。"他十分相信那是负责监视他的固定的午班特务，他闻得出那气味，军汗衫永远洗不去的霉汗斑、早餐大锅饭的浑馊嗝和擦枪的凛烈油味儿。不过隐身最成功的，要数不远大楼廊底下原来卖奖券（老蔡说的），后来陆续卖过口香糖、槟榔，目前卖斗鱼、巴西龟、小鹌鹑、天竺鼠的老者，那人甚有耐性地监视了他两三年，怪哉自己的生意也做得颇兴旺，从未偷懒地干脆改行做讨钱的算了。

他曾动念想策反那老者，但尚想不出足以说服他变节的理由，他暂时沉下气，决定与他比赛看谁活得长，那老者看起来老他少说十来岁，他有把握，三两年内，届时他没死，也该退休了。

"如何？"他念完检举信，怕遗忘了任何细节，等待着，望着老蔡。

老蔡放下报纸，并不需要地去搅拌那几盆早拌匀了的馅子，关爱的眼神好像它们是活的。

……"算了，"老蔡半天才接下去，"可是我会帮你去寄的。"

他完全不懂老蔡的意思，全身警戒系统早已不等他下令地进入紧急备战状态。

老蔡也察觉到他的反应，看他一眼，声音发着抖："宝将。"这个叫法不知怎么一直跟着他，他突然意识到这个字最原来的日文意思，也一阵战栗，老蔡说："宝将，你老了……"

他很害怕很慌张，两眼狂乱地四顾着，不愿意再与老蔡问答。

那时候，远处传来隐约的乐声，还太远，只听得到鼓号，分辨不出旋律，路上的人车却一阵大乱起来，焦虑、郁闷、无目的地在他们眼前骚动着，像一条暴雨后夹着砂石而去的河流，他被影响得也张皇起来，老蔡拉过他，说："没什么，是游行，报纸上有登。"

他协助老蔡将饼摊往巷里推一些，暂停在一家洗衣店门口，唯恐挡住人家生意似的，老蔡赶忙向店主道歉解释。其实附近店家与老蔡处得蛮好，甚至有一两家见老蔡生意好，曾提议愿意分出一小角店面让他做，老蔡都很客气地谢绝，看不出是不是认真地告诉他："只要是需要缴税的事，我绝对不做。"

"听到了吗？"老蔡笑着用日文问他，两人已忘记不久前的一场慌失。

"搞什么呀。"他也用日文回答，大不以为然的语气，但也是一脸的笑，听到了，游行宣传车上扩音喇叭喷出激扬的日本海军进行曲，乐声勾起的只是熟悉，并没有愤怒或怀旧。

两人闹中取静，歪在藤椅上，偶尔起身应付一下头绑白布条的行者前来买饼吃。他试着仔细看清白布条上毛笔渍的字，看清他们所拦路横展开的长条布幅上的词句，竟然研判不出游行抗议者的身份，乃至所抗争的对象。他深深迷惑起来，因为在他的时代里，敌人，是清楚、并且熟悉的，例如他们都以"蒋ちゃん"称呼小蒋，仿佛他是他们亲族中一个调皮捣蛋的小辈。

可是现在，甚至没有熟悉的亲人、朋友、邻居。（他与特务夫妻吕进兴、陈桂珠他们斗争了一年多还不知道他们所属的系统，以往，他自引导他口供的一句拷问中，轻易就知道对方是军统、中统、调查局或警总系统的。）

炎阳下，他不再注意被六月的热风掀出银色叶背的白千层路树下，沼泽一般迟滞浮动而去的人车所发出阵阵愤怒、令他费解的口号字句。

他发觉自己寂寞得出神。

"さびしいなあ……"老蔡喟叹着，寂寞呀……

他鼓起勇气打破那乱糟糟的寂寥，告诉老蔡新研究出一种治骨头发寒的食疗法。在岛上，他们或多或少都得了一些小毛病，单调隔绝的生活使得那些小毛病无比恐惧地扩大到足以改变人生观，每个人都专心一致对付自己，都成了良医，而且充满一种懒洋洋的厌战气氛。

共分九项的食疗法讲完，人车已远去，两人发着午后热病似的不小心掉入怀旧的陷阱，但都不挣扎，甚至暗自有些欢迎，久久总要暖身温习一番，害怕事迹湮灭，记忆遭到腐蚀。

面对时间，两人立时变得驯良、解事，也有点无精打采。

巷弄口，渐有儿童的喊叫笑闹声，大厦下的老者自然不仅没下班，而且是生意正好的时候，一面教导他的顾客如何喂养斗鱼和鹌鹑，一面技术甚佳不看他们的保持监视行动。老蔡生意又开始忙起来了，不明所以为什么有这么多饿死鬼，是老蔡提醒他：“你高善下课了，别让他等吧。”

老蔡至今都还以为君君叫作高善。岛上的人，他是少数几个已有家室的，大孙子小伟出生前几个月，他每一封家书里都热烈地谈论要给取什么名字。发生错觉地迟发了三十年做父亲的喜悦。

最后他决定给取作“高真”二字，高字他隐下不表，只说希望他将来长得高、有高远的志向，至于真，人生无论以任何方式的努力，无非就是追求真善美的境界，若是女孩子，就叫“高美”。

他愈想这个名字愈好，意义深远，在接连数封限制字数的家书里，他不断引申着“真”“善”“美”的种种涵义，从哲学、历史、艺术、甚至宗教的观点作议论。孙子还没出生，老蔡早也朗朗上口高真的名字，每见他接了家书，就问高真满月啦、高真长牙啦、高真会走啦、高真摔破头缝了三针、高真快要有小妹妹了……他们对有生机的事，超过对于一切事情的充满兴趣。

高真三岁以后，添了个弟弟——高善，也就是君君。

至今不解。

他返家那日，合家团圆，即刻吃惊发现高真叫李宗伟、高善叫李宗君，他颇感艰难地把六七年来叫惯的名字活生生咽下肚，奇怪为何家人完全不察，对他一个交代也没有，自然得根本不容他开口问他们为何没照他的意思取名。他不禁想起那十数封取名字的家书，每封溢于言表地滔滔不绝，他们怎会视若无睹，他竟怀疑他们到底看了、收到了他的信没有，那样纯粹的家书，断无被没收的理由……

可是不久，他发现了愈多违背他的意思的事，好比老妻竟拥有三处房子，他记得十几年前，老妻信里告诉他要买房子时，他曾十万火急连发几封信大力阻止，不放心地提出种种理由，他不愿意在山里林地还没散给乡人之前，居然主动要再一次做地主。

还有儿子才初中时，他家书里再三要他将来去念农或工，绝对不可以学法政，出来后才知道儿子居然大学念的是法律，虽然后来一直在做小生意人，可是念过法律这个纪录早晚必定会替君君在紧要关头罪加一等，他一时竟想不起儿子曾不曾刻意隐瞒他念法律的事……似乎也没有，大多时候，往返的信只是各说各话，平行线似的，他训诫家人种种做人道理，家人的复信丝毫未为所动地依然各行其是，都不知在骚乱什么。好比惠理，女中时也曾跟着他读了很多翻译小说，对他似乎事事景从，近几年电话中话题贫乏得老是抱怨她丈夫"他们外省人……"，惠理当初因为父母反对外省人，恋爱的过程极痛苦，前后有两三年，他费了多少心力每一封信里劝解她，给她所能想到的一切忠告（忘了是告诉她爱情是很重要的，还是一点都不重要，总之陈义可能过高他承认），所以每当惠理又发牢骚时，他几次忍住就要脱口而出的"我那时信里不是跟你说过……"

他非常不愿意跟人家算时移势易的账，除了唯恐打扰冒犯他人的心情胜过一切，最主要的，他之所以没有去追究为何亲人们种种大小事无视于他的意见，甚至存在，因为他发现时间，是会磨损的、会出现缝隙，很多事情，重要的、不重要的，因此纷纷掉落其中，无从寻找。

他尚判定不了这一发现的好坏，或于他们，竟会不会是一种幸福，或正相反。

一年前，他独自回了山里一趟，极力忍住吃惊，除了牛背溪上的木桥变成水泥桥（但那水泥桥也甚老，与河床的巨石同样色泽，桥头上刻"一九六〇年建造"），所有景物没有任何改变，河畔被太阳蒸腾出的牛粪香轻易引爆他悠长、无聊、如午后荒鸡长啼似的少年时代。

相思林间的小路一样是坚致的黄泥，他心中无法响起贝多芬的田园，他竟然不由自主地以日文唱道："玩腻了这才想起家来，匆匆告别返家乡，归途上充满快乐和期盼，（好想打开）龙女所赠的玉宝盒。"

从来没发现此歌为什么会是这么愉悦有力的旋律，因为明明下一段的歌词是："到家人事景物俱全非，老家、村庄无影踪，路上来往众行人，没有一张相识的面容。"小时候，母亲反复只讲这三个故事给他听，桃太郎、鹤妻和浦岛太郎，他最怕听浦岛太郎，听到太郎在龙宫与龙女玩得多么愉快、吃山珍海味、又看尽多少奇珍异宝，日夜如梦一般飞逝……他开始惊惶起来，每次都想阻止母亲继续说下去和唱下去，"太郎落寞又惆怅，悔不该打开玉宝盒，只见白烟袅袅升空，太郎顿成了银发老公公。"

其中一次还没上灯的黄昏，他听罢竟然号啕大哭起来。

小道上，他做梦似的望着宁静盛开的野芙蓉、月桃花，阳光梦境似的也幻化成月光，他凝立在那里，不言不笑，不再歌唱，心荡神驰地努力克服回忆，不再恐惧那首歌词带给他的迷乱。不对不对，人事景物哪里已全非，老家村庄他确信就在前面不远处的竹林丛和金露花围篱中，至于路上来往的众行人，迎面山径上正行来个阿芳嫂，很轻松地单手扛着一只饱满的麻袋，他眼中充满喜悦的泪水，等她走近了，怕惊破梦境的轻声作礼："阿芳嫂。"

一点都没老的阿芳嫂露出害羞又好奇的笑容："我是阿凤美，阿芳嫂是我伯妈……"

他梦游似的随阿凤美往山里走，不忘记礼貌地抢过她的麻袋，确实轻，问了才知道全是蝉蜕，这种季节，相思树干上有很多，乡人搜集了卖给山下的中药行，阿凤美很不好意思地解释着，却始终没问他的身份，那时候，一阵夏日雷雨前的凉风吹过，相思树纷纷落下鹅掌黄的绒球小花，像下雨。

熟悉但老去的脸立时叫出他："宝将！"

年轻的熟悉的脸因无法叫出他而略微抱歉地笑看他。他无法判断出时间到底断裂在何处，有阿什么嫂在场边剁猪菜，有阿什么哥在补鸟网，他喝他们煮的决明子凉茶，注意到并未发抖的手里的杯子又丑又新，没有缺角没有茶垢，其上印着一行红字，"一九六六年教师节县政府赠"。广场上鸡鸭并不见多，却好多踩扁的羊粪粒，阿义哥、不、阿义哥的儿子解释，他们目前养了两百多只山羊，冬天山下流行吃羊肉炉，可以卖很好的价钱。

他随他们的邀请，进入大白天也阴凉幽暗的堂屋，免得妨碍场上热尘埃中几名孩童练越野车。

房里有兵役期放假中的年轻男子和一老头在看日本录像带《整人大爆笑》，只顾笑，不打招呼。他不识那名老者，老者正努力应付着听旁人争相介绍他，待知道他是李先生的大儿子，先连忙感激李先生死时交代把土地无偿地分给他们，但随又抱怨这山林地其实完全无用，要不是养羊，每年连税都缴不出，旁边的人纷纷阻止老者讲下去，都慌张得有点想哭似的，胡乱地掏出烟来敬他，执意拉着他的臂膀唤他"宝将，宝将"，就讲不出话来了。

他有些懊丧，发现他们坚定地待他如同佃农对地主，但或许，他更该庆幸他们的——无知，他使用了这个字，不知是幸或不幸，毕竟因此当初他们才未受到任何牵连。

那样的一场去来，并没毁灭什么、建立什么，他只是变得愈发骨瘦如柴，苍白若以幻想打发时间的青春期少年，最喜欢待的地方是厕所，自然并不是在其中偷吸烟或读色情小本，一进厕所简直可待上半天，什么事都不做，甚至不拉屎。

他告别老蔡，先去大厦廊下的老者面前盘桓片刻，一来认真考虑可以选一种小宠物给君君做幼稚园毕业礼物，另一方面——弄不清出于好意或讽刺的——刻意地明示老者可以下班了。

结果老者居然好正常地卖给他一对大拇指大小的鹌鹑，其价钱不贵也不便宜（君君向他要求过并告诉过价钱的），他努力保持自然的不吃惊，边付钱边回头，轻易与正忙黄昏生意的老蔡四目遥遥相接，迅速交换了一个不会有人理解、属于动物的安全讯息。

出于一种奇异的默契，他们，他、和老蔡，努力地存活，不只为自己，也为了保荐对方的存活。他一点也不知道老蔡摆摊以外的生活状况，包括他的居处。老蔡也是，可能只有他的电话号码，这他不确定，因为也没通过电话。但只要待在这城市的一天，或长或短总会在彼此面前现身，让对方知道自己还存在，日日谨慎认真地出示、维系自己的足迹和粪味，一旦有事时，利于对方的追踪侦伺。

当晚，戏耍得兴奋过头的君君又找了借口不愿就寝，坚持要他给鹌鹑换个笼子或盒子什么的。卖鹌鹑给他的老者征求过他的同意，将鸟置于本来该养斗鱼的透明塑胶盒子里，盒子七十元一个，有一个方糖盒那样大，稍扁些，网状的盒盖正好是通气口，对于才拇指一样大的夫妻鸟，够大了，而且可以从各个角度清楚看到它们进食、排泄，将来交配、育种，他以为再妥当不过，仿佛曾经他很熟悉的生活。

起先，他只是应付性地佯装翻箱倒柜找鸟儿新家，妻子已灰姑娘十二点钟响似的一过九点就睡倒，住了两年多却陌生的家正宜于他的探险。

老小二人打开他平日所居卧室隔壁的房间，立即掉入一种新的好快乐的游戏里。各自安静、却呼吸好大声地四下摸索。

他发现很多锦旗奖牌，仓库似的照明灯光使他煞费力气才看清上面的文字，无非是第几届的毕业生或学校所赠教书多少年作育英才的纪念物。窗帘密合的窗边墙上荒芜有数帧黑白相片，只有一张能引得他看第二眼，也唯如此，才发现照片中穿着内衣内裤躺在榻榻米上，抱着一把吉他，高高架着二郎腿以致好危险差点露出隐秘之处的人影……是自己，完全不知道被摄过此张，也不记得哪里来的一把吉他抱过、弹过。曾经，有段时间，他习过小提琴的……

然后门后一个百货公司的大购物袋，满溢出一些他熟悉不过的色彩——自从坊间发现有紫墨水的原子笔后，他都忠实地用它，因为那颜色很像他熟悉的蓝笔墨被时间湮久后所呈的色泽——全是他以为寄了却半路被劫的书信，当然这只是其中平寄的那一部分。

他托妻在各个邮筒寄的信，为何在此？而且邮票上也没邮戳，他脚略微浮了一浮，赶忙深呼吸，忍耐心脏猛烈撞击瘦肋骨的巨响，以为天摇地动才发现是君君在拉他衣角："阿公，电话啦！"

他拿电话喂了几声没回答，经验知道是侦察他在不在的电话，正要挂断，"宝将……"是老蔡的声音。

他想提醒老蔡再危急也请用些暗语以免被监听去。不用分辨老蔡的语气，光打电话这件从未有过的事，他相信老蔡一定正处在某种危急的状况。

"你走过以后有人来问过我话，不知道是什么单位的，虽然穿的是警察制服，无论如何你要说那个晚上你是和我在一起、聊天……我没有杀他，他们虽然只是问我有没有看到什么可疑的状况或可疑的人，可是我知道他们打算找个替罪的来了案……"

"老蔡！老蔡！"他只顾提醒老蔡用日文交谈，以致老蔡说什么内容他全注意不了。

"宝将……"

他以日文鼓励老蔡振作起，问到底是什么人死，老蔡哽咽起来："巷子里的公寓前不久有个老民意代表被杀死，你记得不是，你不是说真希望是政治谋杀，不是强盗杀人，宝将，你说得对，一定是政治谋杀，不然不需要找人顶罪——"

"老蔡！"他想厉声喊醒老蔡，却无法打断梦呓一样的老蔡。

"我怀疑就是那个老头干的，原来他的目标根本不是我们，是那些老民意代表……"

没有声音了。只剩路边一些车声喇叭声，老蔡是在路边打公共电话，他试叫了几声老蔡，想象老蔡活生生被拖上车的搏命样子，他机警地先放下话筒，喃喃自语："老蔡，勿死呀……"

于是他赶快返回那房间，打算把那一袋未寄的信件处理掉。拖开那个袋子，才发现后面还有数个未封的水果纸箱，他随手打开最上面一个上书"卓兰一级红肉李"的纸箱——纷碎碎地掉落好多蟑螂屎——全是信件，有拆封的，也有，完全未拆封的，让他迷惑于收信人是以什么样的原则决定拆与不拆，而此时再没有任何事令他好奇过解开这个宇宙大秘密，他冷静拆开一封密密封口的信——三十年间的字迹竟未有任何进步或退步——阿祥，那是儿子的名字。"阿祥：暑期来了，我希望你不要只顾荒于嬉戏，你上两个月的信里说暑期要和同学去登山，我以为登山固然可以锻炼身体，但更重要的是锻炼头脑。要知道人的头脑构造是没有任何机器可比的精密贵重，你应该常常保养它，不可让无益的事情磨损它，也不可让无聊的消遣读物占了宝贵的空间，不然遇到重要的事物，你如何有空间去容纳它呢。至于读书，当然有很多方法，我会在下封信里用列举的方式，为你标出步骤，你可以用这个暑期来练习一下。我的钱还够用，但请催你妈给我寄瓶综合维他命，上一封信里我已经提过。父字"

"惠理：我七月十日写的信你到底收到没？我昨天接到你七月二十二日的回信，并未对我信中所规劝质问你的事作答，难道工作真的会忙成这样吗？我自然知道你目前困难很多，但人生本来就应该是这样的，西谚有云：'受苦的人没有悲观的权利。'我觉得你这两年变得很悲观很消沉，我以为你没有这样生活的权利，哥哥在这里，天天挑三十担的水，每趟走三百公尺的距离浇菜，看着菜一天一天长起，即使不为收获，光那种生机就可以使我很快乐呢。妈妈那里，也请你寒暑假回去住住，不要嫁了人就只新年才回去，老实说，妈妈信里向我抱怨过。妹夫虽然方言不通，但已经做了亲戚，我相信爸爸妈妈是乐于见你们一起回去的。下封信里多写点吧，反正邮费都花了。家正"

　　"阿祥：这是什么时代了，结婚还有这么多的规矩，我以为你应当跟未来的新娘好好沟通一下，毕竟爸爸那个时代是因为有长辈在的缘故，不得不耳，我以为你们应当建立共同的理想和看法，这才是未来共同生活最坚固的基础，而不在于外在物质的铺张浪费，我很希望这种我所努力建立的家风，新娘子能了解并接受……父字"

　　"兰妹：我十一和十八日的信收到了没？药要是还没买，就请折现寄来算了，我已欠同学二百粒，人家虽不催我，拖着不还也会误人身体，要是有什么困难赶快告诉我，不要让我不明状况地苦等下去……家正"

　　"阿祥：虽然婴儿还有两个月才降临，想必你们已经做好一切准备迎接小家伙，我很高兴亲家母到时候能够从高雄来替你们坐月子，你外婆那里可以向她要一种日本补药，专给孕妇吃的，对胎儿也很有帮助，不会有任何副作用。至于我这做阿公的，无法做什么表示，我打算申请几棵树苗，种在我负责的那块菜地旁，也许将来孙孙有机会陪阿公再回岛上游览，我们可以在树下乘凉吹海风呢。当然我还是会给他一个礼物，我将替他取个有意义又响亮的名字……"

　　他昏聩地坐在地上，后悔打开时间所赠给他的玉宝盒，一封封喋喋不休令他羞涩不堪的痴人说梦，乍时随同所有拆与未拆的无数信件卷成狂舞的白烟，袅袅升空，不用照镜子，也不用第二眼，他知道自己成了白发老公公。

所以，仿佛像幼时曾经一个遥远未上灯的黄昏里一样，他听罢故事，号啕大哭起来。

《中国时报》人间副刊

一九九〇年十一月二十八日～三十日

# 预知死亡纪事

老灵魂们鲜有怕死之辈，也并非妄想贪图较常人晚死，他们困惑不已或恐惧焦虑的是：不知死亡什么时候会来、以哪样一种方式（这次）。

正西风落叶下长安，飞鸣镝。多少事，从来急，天地转，光阴迫。一万年太久，只争朝夕！

数十年前一人写下此诗，随后他果然也如愿做下了朝夕间天地翻转之事。这里并无意议论他的功过，只打算借用此诗来为即将登场的这一群人们咚咚助阵。

的确，一万年太久，只争朝夕。

这群人们，我简直不知该如何介绍、甚至如何称呼他们，女士们，或先生？（因为其中还包括有科学家刚才发现的、某对染色体异于常人的第二性人），他们既难以用道德或尚不怎么独立的司法来区分（好人或坏人），也难以用年纪、用经济、用信仰、用职业、用血型星座、用健康状态、甚至用省籍或身属哪个政党来区隔并解释。

他们如此地散落在人海，从你每天上下班的敦化北路办公大楼，到新开张不久的台大医院精神科门诊，他（她）可能是你少年时所崇拜追随的那个宗教界或哲学界的智者，也可能是——你结婚已十年的妻子，我不知道她有没有告诉过你，当你夜深睡梦中突然中止鼾声时，再冷的天，她也会天人交战把手从温暖的被窝中抽出来，为求放心地探探你是否一息尚存。

他（她）们这群人，一言蔽之，是一群日日与死亡为伍的人。

日日与死亡为伍的人——我希望你不会误会我想向你介绍的是一群开 F104 战斗机或某型民航客机的驾驶员，他们不是急诊室医生，不是枪击要犯及警察，不是飙车手，不是清洁队员，不是多年的慢性病患者，不是特技演员，不是殡仪馆化妆师及相关从业人员……不是，不是，不是。

## 老灵魂

不如说，他们较接近西方占星学家所谓的"老灵魂"，意指那些历经几世轮回、但不知怎么忘了喝中国的孟婆汤、或漏了被犹太法典中的天使摸摸头、或希腊神话中的 Lete 忘川对之不发生效用的灵魂们，他们通常因此较他人累积了几世的智慧经验（当然，也包括死亡与痛苦），他们这些老灵魂，一定有过死亡的记忆，不然如何会对死亡如此知之甚详、心生恐惧与焦虑。

我真希望你和我一样有过机会，活生生剥开一套华服，检视其下赤裸裸的（不是躯体）灵魂或心灵，他可能是同机邻座缘悭数小时的某小公司负责人，也可能是你的妻子、母亲那些熟悉得早让你失了好奇和兴趣的亲人好友。

他们共同的特色是，简直难以找到共通点，但起码看来大多健康正常，因此，请你好好把握那一生中可能仅现一次的神秘时刻，其隐晦难察如某仲冬之际、南太平洋深海底两头抹香鲸之交配，彼时日在魔羯，鱼族指证历历。

然而老灵魂吐露出的秘密可能令人大吃一惊，也可能令你当场喷饭。

那回同机邻座的男人不就既郑重又难掩难堪地交给你一张折好的白纸吗？上书他家的地址及联络人名，礼貌地措词说若事情过去，麻烦你将此字条帮他寄达。

我但愿粗神经的你当场没问到底是什么意思，为什么会把他的遗书（没想到你这么聪明）托给你这个陌生人，你且好奇起来，难道他有什么强烈的不祥预感，或难不成他竟打算劫机？

其实只要你够细心的话，你该已注意到他自飞机起飞后就没松过安全带，积几十次看空中小姐示范紧急逃生之经验，愈看愈慌，自然那封遗书（可能一式好几封，有的在他的随身行李箱中，衬衫口袋有一封，护照皮夹中一封，甚至鞋或袜中一封，以防爆炸后尸块散落各处）很可能是在一阵晴空乱流后，或一次空中小姐较为殷勤的含笑垂询之下（以致让他十分坚信她是为了来安抚乘客、好让机长专心处理正在发生的劫机或拆卸炸弹等状况）写就的，或其实此事甚至已变成他搭机时的例行公事，数十年如一日，那书信的内容早已从第一次临表涕泣的林觉民意映卿卿如晤，演变成填写入境申请表一样的公式化：动产不动产各有多少，繁琐地如何如何分配。P.S. 哪里还藏有一笔畸零地或几张股票或一名私生子……

　　我也有幸听一名老灵魂告诉我关于死亡的事，是我怀孕六个月新婚刚满月的妻子（她也有睡梦中探我鼻息的习惯），她因此不再上班了，每天早上略带愁容送我出大门，我以为她有妊娠忧郁症或不习惯一人独处的家庭生活，我触触她的脸表示鼓励，说："我走了。"她闻言马上面色惨淡，眼泪汪汪弄湿了我的西装前襟。

　　她肚子大到难以再做爱的夜晚，我们手牵手躺在黑暗的床上仿佛在寂静的石炭纪时代的深海床底，她告诉我不喜欢听我每天出门前说的"我走了"那句话，以及我说那句话时的神情，她都一再记下这是最后一面，是最后的谶语。接下来的那一整天，她通常什么家事都不做，拿着报纸守在电话机旁，为了等那电话一响，好证实一切尘埃落定，似我粗神经这国的忍不住奇怪发问："什么叫尘埃落定？"

妻说：我已经想好了，哪家医院，或交通大队的警察，然后我一定回答他们请去找谁谁谁处理（她意指我大姊），我不要去太平间或现场看你躺在路边，我只要记得你告诉我最后一句话和摸我脸时的那个神情就好。

我当然觉得有些毛骨悚然，但也没因此更爱她。

寻常的塞车途中，她指指对街不远处的一长列围墙，说是她以前念过的小学，我表示记得十几年前她家住在这附近，她点点头说："那时候没有这些大楼的。"她手凌空一挥，抹掉小学旁那些连绵数幢、奶茶色、只租不卖的国泰建设大楼："我一年级的教室在二楼，一下课连厕所都不上，天天站在走廊看我们家，看得到。"

我捏捏她的手，表示也宠爱那个她记忆中想家想妈妈的可怜一年级小女孩。"怕家里失火，我们家是平房，从学校二楼可以看得很清楚。"

你建议我带她去看心理医生或精神科？或找个法师神父谈谈？！

并非出于她是我的妻子，因此我必须护卫她，我只是想替大部分的老灵魂们说些公道话（尽管我的立场想法与他们大异其趣，大多时候，我喜欢你称我为不可知论者，但实际上我可能更接近只承认地上生活不承认死后有灵的伊壁鸠鲁信徒）。

老灵魂们鲜有怕死之辈，也并非妄想贪图较常人晚死，他们困惑不已或恐惧焦虑的是：不知死亡什么时候会来、以哪样一种方式（这次）。因为对他们而言，死亡是如何地不可预期、不可避免。

## 死得其时·查拉图斯特拉如是说

比起你我，老灵魂们对于死亡其实是非常世故的，他们通常从幼年期就已充分理解自己正在迈向死亡，过一天就少一天，事实上，每一天都处在死亡之中，直到真正死的那一刻，才算完成了整个死亡的过程。

这种体会听来了无新意，尽管人之必死是一种永存的现实，但同样对于我们不得不死这一命题，我们却并不总是有所意识的，例如你，视老灵魂为精神病或某种症候群的正常人，你可曾有过此种经验，望着五六十岁的父母亲，努力压抑着想问他们的冲动："为何你们还敢、还能活下去？"尽管他们的身体可能很好，但对老灵魂而言，那年纪距离无疾而终的生命尽头至多不过二十几年，当你知道二十几年后就必须一死，跟你今天听医生宣布自己得了绝症、只能再活三个月，在意义上殊无不同。

尽管老灵魂们视死如归，但由于死亡到底会在哪一刻发生，是如此令人终日悬念、好奇过一切的宇宙大秘密，令他们其中很多人不由得想干脆采取主动的态度，来揭示、来主控这个秘密的发生时刻，因此对老灵魂们来说，选择死亡这一件事，便充满了无限的诱惑力。

我之所以用选择死亡这四个字，而不用我们通称的"自杀"，是因为后者已习惯与懦弱、羞愧、残生、畏罪……这些词儿连结，我们的老灵魂们哪里是此辈中人，他们不是厌世，不是弃世，他们只是如此地被"可以主动选择死亡时刻"所强烈吸引，某种意义上来说，他们很有些斯多葛学派（stoic）的味道，他们之所以能肯定生命，是因为能肯定死亡，所以若有所谓标榜的话，他们标榜的"自杀"方式是推荐给那些征服了人生、既能生又能死，且能在生死之间做自由抉择的人，而不是给那些被人生所征服的人。

是的，在老灵魂看来，唯有能在生死之间做抉择的那种自由，才是真正的大自由，我们通常以为，在一生中凭一己之力加好运坏运所得的种种结果，例如娶数个美女或一个恶妻、无壳蜗牛或富贵如监委大金牛们、周末塞车去八仙乐园玩或飞去东京购物、超市里买匈牙利产果汁或印尼姜糖、书店里浏览各国报纸的头题或为儿子买新出炉的脑筋急转弯……种种你以为的选择自由，老灵魂们无论如何以为这样一个号称日趋多元的时代，实在只是有如人家（资本主义、国家机器……）出好的一张选择题考卷罢了，你可以不选A，不选B，也不选C和D，总得选E以上皆非吧，老灵魂们渴望并好奇的是根本不做考卷。

别说你对此种老灵魂们所谓的真正大自由觉得不可思议，也别礼貌地说你很羡慕做那种选择所需的勇气（老灵魂们也以为反复数十年老实地做同样一张考卷，也需要非常的勇气），我再次强调，对老灵魂们而言，死亡是一种权利，而非义务（尽管你我当中也有一些人基于卫生的缘故，已说服自己把死亡当作人生的目标，并视那些处处逃避死亡的人是不健康不正常的）。

别假装你对此闻所未闻，一无经验，你记不记得，有次你十九楼办公室的帷幕玻璃大窗出什么问题，几名工人打开了在修理，你感到十分新奇地趋前吹风，没有任何屏障从这城市四面八方汇来的风非常催眠你似的，你望着脚下的世界，人车如蚁，少年时代读过的诗句不知为何此刻回来觅你——你要记得，昨晚月轮圆满，你在深林之中，她的光辉没有伤害你——你几乎无法抑制自己向前跨步，渴望知道一秒钟后就可解开的宇宙大秘密。

只要跨前一步，只要一秒钟，如此轻易可得。

你历经一次前所未有的诱惑对不对？

纯纯粹粹的诱惑，因为当时你并不在垂危中，不在失意中，你甚至刚被升为董事长的特别助理，你与同居女友的感情也保持得正好——

你说那一定是高楼症候群？！如同东京流行一段时间的超高层症候群，其症状是气喘、心跳、不安、不顾一切想往下跳（多么相同于我们得过的恋爱症）。

那再想想有一年夏天你在垦丁的龙坑临海大断崖——什么，我记错了？！是夏威夷那个有上升气流的海崖，你不也差点被几十公尺下暗暗涌动的深蓝色海洋所吸引，那海浪一波一波拍打崖石声是如此遥远而清晰，勾起你在母亲子宫时的温暖记忆甚至更遥远，你并没有宗教信仰但是那刻决定采用并好想念人类的古母亲夏娃……

结果是，你被导游喝住，只几颗并非出于忧伤的泪水先你一步落入你渴想投身之处。

不要羞怯。——没有在适当的时候生，如何能在适当的时候死？便宁愿不生到世上来吧。查拉图斯特拉如是说。

于是便学着怎样死去吧……哲人给过我们鼓励，主动地选择死亡，是最优者，远远胜过死于战斗的英雄豪杰们。

许多人死得太迟了，有些人又死得过早。

于是哲人称赞这种最优的死法：自由地死、自愿地死。因为我要，便向我来。

想想看，在你视为如此不可思议、如此失控、一生里可能一次都未曾出现过的事，却日日、时时、刻刻诱惑着老灵魂们，"正常"的你我，能不好奇他们到底是如何处理或对抗此种诱惑的？

我的妻子这样回答：她们放下绣针、梭子、纺锤，拿起灵芝和木偶，学做女巫，预言休咎。

## 流水今日·明月前身

老灵魂们交相传说上帝创造宇宙大约在春季，彼时太阳在白羊宫，爱神金星和双鱼星座早出东方。

除此之外，他们自信满满宣扬他们预言休咎之能力，对此，我尚在审慎评估中，但可以确定的是，预感、预知死亡时刻来临的能力，确实是暂未选择死亡的老灵魂们，用以抗拒或排遣其诱惑力的种种妥协方式中最佳的一种（其他较无可奈何的如佛家所谓不舍尘世的爱别离苦，或尚汲汲迷于研究哪一种死法较佳）。

老灵魂们自信他们预知死亡时刻的能力起自出生，也许你、或医生护士们、甚至他们的母亲，都无法分辨出老灵魂呱呱落地时的大哭与其他婴儿何异。寻常婴儿的大哭，是为了借以大口呼吸氧气；其中较早熟、悲观的，也有是因为舍不得离开温暖安全住惯了的娘胎；但老灵魂们不同，他们哭得比谁都凶，只因为实在太过于震惊：怎么又被生到这世上了？！

尽管这听来颇为玄异，理论上却是合乎逻辑的，实在是因为自他们成人以来，于今十劫，累积过往一切的经验和宿命，使他们几乎可以肯定，什么时候又要发生什么样的事了。

然而这种将会终生追缉他们的能力，对大部分的老灵魂而言并非全然是乐事，除非他以此为业，因此必须和人生的阴暗和死亡那一面迭有接触，比如做个艺术家、预言者、先知、启蒙大师或灵媒。

我所知道的就大多都是不属于前述的普通人，这些老灵魂们，同时在战战兢兢和近乎打呵欠似的百无聊赖中（妈的连死都不怕了！）度日，往往规律得与某位近东哲人的心得不谋而合：入睡时请记得死亡这一件事，醒来时勿忘记生亦并不长久。

因为他们是如此地深知，死亡的造访在这一世生命中只有一次，所以应当为它的来临做准备。

我的妻子，如她所言，放下家什，拿起灵芝和木偶，学做女巫，预言休咎。

她甚钟爱照养室内观叶植物，从单身时就如此，家中不能放的地方也都放了，如厨房料理台的炉台旁。

　　她花很多时间悉心料理它们，一旦发现其中有任何一棵有些萎寂之意，她顿时不再为它浇水治疗，但每天花加倍的时间注视它，目睹它一天一天死去，屡屡感到奇怪的自言自语："没想到它真的要死。"

　　起初，我以为她是出于物竞天择适者生存的观点而淘汰它，因此提醒她那是因为她不再为它浇水的缘故。她并不为所动，依然每天不浇水，但关心地观察它，直到它正式完全的枯萎，她仍然觉得无法置信，有些寂寞地对我说："没想到它要死，谁都没有办法。"

　　她竟以此态度对待她的婴儿，我们的孩子。

　　它在未满月内被来访的亲友们传染上了流行性感冒，有轻微的咳嗽和发烧，访客中一名医生身份的当场替它诊断，并嘱咐我们如何照料。

　　没几天，我发现我的妻子竟然以对待植物的态度对它，她袒露着胸脯，抱着哭嚎却不肯吃奶的小动物、干干地望着我："事情都是这个样子的，谁都没有办法。"

　　我瞬间被她传染，相信她做母亲的直觉，恐惧不已地以为它其实得了百日咳或猩红热就要死掉了。

　　有一阵子，暂时我跟你一样，相信她是得了产后忧郁症。

但是，我们又恢复可以做爱，而且做得很好很快乐的那一次，事后她面墙哭了不知多久，等我发现时她的眼泪已经流干。无论如何，她都不肯告诉我原因。

我擅自以了解老灵魂的思路去猜测，她一定把刚刚那一幕一幕甜蜜、狂野的画面，视作是马上就要发生在她或我身上的死亡、死亡前飞逝过脑里恒河沙数的画面之一，像电影《唐人街》里杰克·尼柯逊在被枪击死前，所闪过脑际的。

我发现他们终生在等待死讯，自己的，别人的，吃奶的，白发的，等待的年日，如日影偏斜，如草木枯干，他们非要等到得知死讯的那一刻，才能暂时放下悬念，得到解脱……至于有没有悲伤？那当然有，只不过是后来的事。

但其实老灵魂们自信并自苦地预知死亡能力，一生中、一日中虽然发生好多次，但其中鲜少应验的（当然偶尔死亡曾经擦肩而过），老灵魂们对此的解释是：由于他们窥破了天机，因此那个主管命运的（三女神？上帝？造化小儿？）只好重新掷了骰子。

别因此全盘否定老灵魂们的预感能力，或视之为无稽，不然你如何去解释也曾在你身上灵光乍现过的一次经验？

……你预官刚考完、还没开学的假期，你们一群男女同学跑到溪头玩，半夜喝高粱取暖以便外出夜游，你穿着滑雪夹克、牛仔裤、耐克球鞋，随身听里放的是、嗯、八五年、

应该是 *saving all my love for you*，总之，那样的情调，如何足以使你一见到夜空的松树树影会打了一个冷颤，努力想留住、并细细追忆流星一样一闪即逝的星路，你是在黑松林里披星戴月疾疾赶路的行者某，将这小舟撑，兰棹举，蓑笠为活计，一任他紫朝服，我不愿画堂居，往来交游，逍遥散诞，几年无事傍江湖……是宋朝。

你说那次是因为酒精作祟？你说你根本不信有什么已生、今生、当生，也全无兴趣。你说再不马上找个具体的老灵魂给你认识（除了我的妻子，你极力礼貌婉转地说，她一定有某种神经衰弱之类疾病），你拒绝再听我的强作解人了！

抱歉，关于这一点，我只能给你一点点的线索和提示，因为老灵魂们仿佛海洋老人涅柔斯（Nereus），居住在爱琴海底，能预言，能随意变形，常常变作海豚，也曾经变作你上班常同电梯的那名律师似的男人，三件套西装，提一个Bally 公事包，电梯停在 4 或 6（撒旦的数字）或 13 楼、或属于他私人不祥的数字时，他已在心中招呼遍各路宗教的真主们；他刷牙时仔细不让刷的次数停在不吉的数字上；他憎恶在星期五必须出远门；看电影或任何演出，座位若被划到13 排或 13 号，他会花一半的观影时间一再确定安全门的位置。

禁忌？……是的。这确是他们与死亡之间所呈紧张状态的安全阀。

但其实老灵魂们通常长寿，也许由于异乎常人的警觉使他们易于察觉并躲过劫难，更也许因为猜测死亡时刻的好奇心，强烈到胜过一切生之欲望，并得以支撑他活得比别人长久。

至于你所不信的前世、今生、来生，老灵魂与你颇为一致地对之并无兴趣，所以，可能超乎你想象的，他们之中鲜有修来生者。

## 天起凉风·日影飞去

在宗教的所有起源中，以最高的、终极的生命危机——死亡——为最重要。

死亡是进入另一个世界的大门。

根据大多数的早期宗教理论，虽不是全部，至少有大部分的宗教启示，一直都源自死亡。

人必须在死亡阴影下度其一生，他紧握着生命，享受生命的满足，一定愈发感到生命告终的可怕威胁。

面临死亡的人对生命恋恋不舍。死亡和拒绝死亡(长生)，常常形成人类预感最强烈的一个主题，时至今日，依然如此。

人在生命历程之中，纵横驰骋，在快要走到尽头的时候，无数酸甜苦辣的经验，浓缩为一个危机，爆发为猛烈的、复杂的宗教表现。

——人类学家们为我们如此娓娓解释着。

其温柔、其坚定，有若佛为有病众生说世间一切难信之法。

精神分析大师荣格不是也给过我们如下的建议：相信宗教的来生之说，是最合乎心理卫生的。

因为，假设当你住在一间、你知道两个星期后便会倒塌的房子里时，你的一切重要机能一定会受此观念的影响而遭到破坏。

"你脑海中有关上帝的影像、或你对不朽的观念已经消失，所以你的心理的新陈代谢功能失常了。"大师甚至如此清楚警告过他的病人。

彼佛国土，微风吹动诸宝行树及宝罗网，出微妙音……

很不幸地，在死后精神永生的得救信仰已存在于大多数寻常人们的脑里之同时，老灵魂们却颇缺乏此种自卫本能，原因可能再简单不过，只因为其他人所需要的信仰和仪式，无非是根植于如此的希望（可能有另一个来世，不比今生差，有可能会更好），可说是另一种形式的肉体和生命的延长（尽管渺茫过生育后代和捐赠器官）。

所以，这些岂是我们的老灵魂们所计较和在意的，对此，他们体会感触甚深，无论是举行最后审判的耶路撒冷 Josafàt 山谷、或那南方世界有日月灯佛……在他们看来全无异于《法华经》里所说的："一百八十劫，空过无有佛。"

他们甚至轻忽他人的和自己的丧礼祭典，并非出于憎恶死尸和畏惧鬼魂（有人类学者宣称，此二者甚而构成所有宗教信仰和宗教实务的核心），实在是这些仪式所蕴涵的两种相互矛盾的意义（活人既想与逝者保持联系、又想与之断绝关系），较之他们日日与死神所做的俄罗斯轮盘游戏，显然没有任何挑战性和吸引力了。

天起凉风，日影飞去，我要往没药山和乳香冈去。

于是他们之中有些人，花大部分的时间在勤于翻阅一些羊皮纸古籍，依照书上的方法收集生命的元素，以致智慧有若胜过万人的所罗门，作箴言三千句，诗歌千零五首，讲论草木，自黎巴嫩的香柏树直到墙上长的牛膝草，自伯夷叔齐的饿死首阳山，到介之推抱木燔死。子胥沉江，比干剖心，尾生与女子期于梁下，女子不来，水至不去，尾生抱梁柱而死。

其他的老灵魂们，因为必须不断地猜测死亡时刻和辨别死神的行踪气味，使得他们也变成博闻强记、深情于既往之人。

我认识的一名老灵魂，他工作室的对街是一家数年前运钞车被劫过的银行，每天下午三点以后，工作再忙，他都会不自觉地注意、并脑里记下该银行前异常停泊（除中兴保全车外）的所有车辆牌照号码，其中几辆他当时直觉坚信有嫌疑的，那些号码比他自己的身份证字号都还要常浮现心头再也无法抹去。他且十分留心可能搬运金钞的那个时刻，留神挑选一个不贴窗的安全位置勤加窥视，以防枪战一旦发生遭流弹射中。

另一位不属于记忆数字的老灵魂，每每无法抑制自己地记下一大堆行色匆匆的路人，她认为与他们错身而过时老嗅到死神的蝙蝠味儿，于是她努力记下那人的身高体重、脸孔、年纪、甚至衣着，以便日后哪一桩案发时，她可出面作证某日某刻某地，她曾目睹该名凶嫌慌忙离开现场。

我的确相信她的预感和记忆能力，若有一天市刑大愿意让她观看前科犯的纪录，我保证有几十名她可清楚指认出来。

你不也有过类似经验？有次要去哪里在路边招计程车招好久半辆也没有，也许，也许是那城市大楼间的寻常小型旋风当头冷水似的灌下（人怕高处，路上有惊慌），你感到头皮嘴唇一麻地赶快跳离你原来所站之地（蚱蜢成为重担，人所愿的也都废掉），你一心一意惊恐来不来得及躲开自身后大楼所落下的人体，不管那是出于自杀还是谋杀（因为人归他永远的家，吊丧的在街上往来）——那个十二年前跳楼自杀的当红男明星、那个跳楼却正好压死一个夜间卖烧肉粽而自身得以幸免的……不相干的在报纸社会版上看来种种血肉淋漓的字眼儿（银链折断，金罐破裂），你发觉自己的脑子怎么那么无聊，储藏如此多老天你没半点意思要记下的事情，并同时心灵充满宁静地望向天空，放心地好奇着，因为打那儿连一片落叶或冷气机水滴都没有落下。

那一次，死神是如何拣选、而又改变主意地放过你，我并不知道，但可以肯定的是，绝非基于对你此生所做善事或恶事多寡的考虑，它简直没有任何标准可言！

老灵魂们尤其相信死神更像头野兽些，三不五时猛嗅你一阵，而后随它当时的食欲状态胡做决定，与你的肥瘦与否全没关系。

无常，是的，老灵魂们对生死的无常感，毋宁与野蛮人（采人类学中的用词）要相似得多。

——他们相信，像工作过劳、太阳晒晕、吃得太多、风吹雨淋这些小事故，固然会引起轻微、短暂的病痛，在战争中被矛击中、中毒、从岩顶或树上摔下来，也可能会使人伤残或死亡，但他们相信一切会夺人性命的事故或疾病，都是源自各式各样神通广大并难以解释的巫术。

此段大要文字，是人类学者马林诺夫斯基于世纪初为我们所描摹的特罗布里恩岛土著（Trobrianders），多么相同于我们老灵魂们的想法，当然只要我们把其中的"太阳晒晕""被矛射中""树上摔下"等等，代换成我们所熟知的精神和肉体上的所有文明病就几乎无二了。

你说这一切解释太过形而上或简直迷信？

那么容我援引一段荣格谈心理学与文学的论述，并只更动其中"诗人"二字为"老灵魂"。

荣格说，因为我们对迷信与形而上学怀有戒心，因为我们企图建立一个由自然法则所维持，有如成文法统治下的共和国一般、秩序井然的意识世界，所以我们脱离遗弃了那个黑暗世界。然而，在我们之中的老灵魂，却不时瞥见了那些夜间世界的人物——幽灵、魔鬼与神祇。他深知，某种超越凡人能理解范围之外的意志，乃是赐予人生秘密之来源，他能预知在天庭中可能发生的所有不可理解的事件。总之，他看到了那令野蛮人和生番们不寒而栗的心灵世界。

## 夜间飞行

在这个人人忙于立碑的时刻，在这个人人忙于立碑的城市，若也给我一个机会，我愿意为我所熟识的老灵魂们立一尊时间老人的巨像。

巨像背向新店溪，面向太平洋盆地，好像是它的镜子一般。它的头是纯金做的，手臂和胸膛是银做的，肚子是铜做的，其余都是由好铁做成，只有一只右脚是泥土做的，但是在这个最弱的支点上，却担负了最大部分的重量。

在这巨像的各部分，除开那金做的，都已经有了裂缝，从这些裂缝流出的泪水，缓缓汇聚成一条长河、一条夜间飞行的路线。

同样一个城市，在老灵魂们看来，往往呈现出的是完全不同的一幅图像。

——我说的不是那商品贩卖者所谓的纽约、伦敦、巴黎、米兰、东京……诸城市。

——我说的不是那"唯一的真实的城市"，信者谓之天国之城，实乃在他们看来，世间的一切城市不过是他们旅行或被放逐之地。

——我说的也不是我们那尘土所造的古始祖老亚当所告诉但丁的地方：至于我在那高出海面的山顶，那时我的生活是纯洁的，而且没有失宠，我留在那里不过从第一时到第六时，彼时太阳移动圆周的四分之一。

——我说的当然就更不是那未被海神封锁、未被地震毁灭、受永恒的和风吹拂、如同太古时代一样的伊甸乐园。

——我说的甚至、甚至不是真正的夜间，因为那个时候天鲤光与天阳光已融融交合。

同样一个城市，老灵魂们所看到的图像往往是——

例如一名家住城南、工作地点在城北、必须天天通勤的老灵魂，清晨出门他所感觉到的并不是一阵清凉的微风，而是微风中又浪迹一夜的一个年轻疲乏的亡灵。他曾在某年一个等车的早晨，目睹那人人车两地躺在马路当中，脚头焚着好心路人烧的纸钱，那人面色黑肿如瓜，身穿某高职的学生制服，霸道的舒展着四肢躺在路中央，以致来往车阵因此必须被迫缓缓绕道而行。他临上车前，匆匆见到哭嚷奔跑而来的、可能是死者的姊姊和女友（前者敢抚摸死者，后者不敢）。好几年了，姊姊和女友早就结婚生子了吧，总之顶多每年忌日才会想起它，老灵魂天天与它打招呼，仿佛它是路边那常与他点头道早安的槟榔摊老板。

车阵塞在南区的超级大瓶颈，他趁便与那各路过往的鬼魂们一一致意，仿佛是个灵媒，情感上更像是他们的家属代表。

其实没有一桩车祸是他亲眼目睹的，甚至那个他最记挂的、肇事者逃之夭夭、死者的父亲因此终年在路口立木牌悬赏任何目击者提供线索的亡魂，死时十七岁（他记得好清楚，从报上报导得知），这几年长大了不少，不知为何不肯协助其父亲破案。

车子刚上高架桥，他的心情并没随眼前豁然开朗的城市景观而放晴，他看到那名在某个雨夜里被弃尸此处的女体，挣扎爬起来，形容惨淡，略为自己的狼狈感到难堪地望着他，他未减速地擦驰而过，险些又撞到她，"好可怜呀……"他每天都要如此对她这说，同情未曾因时日久远而减退。

然后他全心全意收拢起精神，一来此路段他较缺乏亡灵们的资料，二来老忍不住沉思起那个老问题，奇怪死神到底以哪样一个准则和时间表来叩访、调侃人们。

　　通常在他思索并照例碰壁之前，就被那巍巍然的大饭店所完全吸引，那饭店十年前曾发生超级大火灾，一口气烧死和跳楼的有几十人，后来重建且更名继续营业，因此还记得此事的人怕没多少了。

　　由于亡灵过多，而且当时各报都大篇幅仔细报导，他被迫一一记得他们并且逐渐熟识，那一大半的亡灵，他肯定他们的妻子绝对已经他嫁、并且成功地忘记他们，因为那次火灾烧死的男性中，几乎一半对家人说是因公出差，结果被发现与妓女或幽会女友一起烧死。

　　起初他觉得自己简直倒霉极了，而且也很恐怖，他们的老婆连清明节都不去给他们上坟了，而自己像他们的众儿孙似的，天天向他们有礼地致哀默祷，可是几年下来，事情发展得仿佛变成这样：他看到满满一幢楼的每一个窗口皆挤满了人，他们既悲伤又快乐甚至有人吹着尖亮的口哨向他猛招手，彩带、七彩色纸飞满天空，正像是一艘大邮轮即将开航时道别的场面，令他心情每每为之起落不已。

　　随后车过圆山基隆河，令他目眩不已的（每年十几辆）飞车争先恐后冲入河，令他无暇顾及另外几十对正携子女跳河的年轻母亲们。

更远一些，他清楚看到北淡线未拆时的那铁道桥上，一对谈心的男女不及躲避火车而被迫跳入河中，尸体奇怪地再没有被找到。

此处塞车渐渐严重后，他得以细细条理一个个亡灵的故事，甚至及于桥下再春游泳池所纪念的那个三十年前在金山海边舍己救人的小男孩。

……

——同样一个城市，在老灵魂们看来，往往呈现完全不同的一幅图像。

老实说，我也不知为何在今日这种有规律、有计划的严密现代城市生活中，会给老灵魂一种置身旷野蛮荒之感，他们简直仿佛原始人在原始社会，随时随地都可能、容易受到各种意外巧合的袭击，并因此遭遇死亡。他们像原始人似的必须天天面对充满数不尽恶作剧力量的世界，除了前述的主动选择死亡一途，他们只得煞有介事地处理一切我们视为荒诞不经、笑破肚肠、而他们所认为的神秘征兆。

旷野之子（太阳晒熟的美果，月亮养成的宝贝），我竟想如此称呼他们。

——旷野之子耶稣，死时贫穷而裸露。

也有哲人借超人之口如此宣称：旷野之子，他死得太早，假若活到我这年纪，他也许要收回他的教义——

我们的老灵魂们，我无法再为你们做任何解说了，毕竟终有一日，你们终将妄想夺下海神的三叉戟及其宝座及其发自海底最深处的歌声：

或许夜行者，
把这月晕叫作气象，
但是我们精灵看法不同，
只有我们持有正确的主张，
那是向导的鸽群，
引导着我女儿的贝车方向，
它们是从古代以来，
便学会了那种奇异的飞翔。

《联合文学》
一九九二年四月号

# 我的朋友阿里萨

这是我所体会到的第一样老年乐趣：放弃事物，
放弃许多事物。注意，这不是投降或不得已，
而是一项权利。

去年秋天，当我的朋友阿里萨展开他为期不知会多久的自我放逐之旅的同时，我在台北大肆散布他近些年来所闹的种种笑话。

比方说，他参加一个泰国打炮团，在曼谷一名会说闽南语的泰国妓女处，丧失了他坚守了三十几年的童贞，一夜交欢四度（他跟我说及此时，我一点都不怀疑，并非相信他的性能力，而是太知道他一向的小老百姓的捞本心态），而且不用保险套，原因是他觉得使用套子会对彼方有职业、种族歧视的意味，害得正与他同桌吃饭的我差点不顾多年交情与他翻脸断交。

他马上安慰我，他当然因此得了性病，但已悉心治愈要我放心。

惊魂甫定之余，我提醒自己艾滋是不会唾液传染的，才放心地继续欣赏他充满着泪光的笑话。

接下去他告诉我，他多么初恋一样地想念着那位姑娘，想念着她肉体的每一个细节（他说他曾经在第三度时鼓起勇气拧亮了床头的灯，边做活边偷看对方的身体，对此，我一点也不吃惊，因为同样与阿里萨是处女座的妻，也有在黑暗里做爱的害羞习惯）。

他后来在芭提雅海滩、清迈时都坚贞地不嫖，相思病发作的煎熬数日，苦苦等待回曼谷搭机的那最后一日。

再回到曼谷搭机的那天，阿里萨匆匆去寻她，并且决定要把她娶回台湾。未料他被鸨儿一问，才发现不知道他未来妻子的名字，但记得她的号码，H33，阿里萨像念一个美丽非凡的名字一样喃喃反复念着 H33，H33——

后来呢？我出于礼貌问他。

结果当然不说便知，H33 不是休假就是出公差中，不然阿里萨真会把她娶回台湾的，我相信。

如此这般地，我把阿里萨的笑话告诉我生活圈中的所有朋友，每每大笑之余，总再一次地奇怪自己到底是出于哪样的一种心情，不过可以确定的一点就是，冥冥中，我相信他是再不会回来了（虽然他只不过是去地中海周围的一些国家，好像包括意大利、土耳其、埃及什么的），所以一点都不担心他日后回来时、万一听到我所散布关于他的种种笑话时会与我绝交，因为只有老天知道他告诉我这些事的时候，是如何正经和感伤的。

所谓的这些事情，包括他的第一次阳痿。

那是发生在台北的一家会员制的大妓院里，有几次他曾试图招待我去，我并不需要天人交战地就婉谢了他，原因并非出于据说这种钱很忌讳他人代付，也并非我对婚姻生活有若何忠诚美德，我只是，我只能说，目前的我，说句粗野的话，以为全天下的 B 都是一样的，我还并没有那个好奇心想一探其他的。

阿里萨第一次去时就发生阳痿事件——自然那远在他于泰国失了童贞之后，他是由他工作圈内一名颇知名的朋友拉去的，由于阿里萨属于幕后工作者，不虞被人认出，不像他那位朋友，报上刚登过他盛大举行的婚礼，怕一张常在电视广告出现的脸会被人认出，便做了神秘打扮：挂一副墨镜，圈一条可遮住一部分酷酷下巴的丝围巾，戴一顶帽檐压得低低的 Lakers 球帽。

他们未被认出地顺利各自携妓入房，不久，当阿里萨正身体处于兴奋状态、心情又初恋似的爱上眼前这具女体时（他说他每次嫖妓时总会这样），忽然隔壁房间爆起好快乐、中奖一样的女子尖叫："哇塞！我的是 ×××！"

阿里萨闻声当下不行，怎么都不行了！

由于该院收费甚昂，那女人颇曲意承欢地展开种种手段撩拨他，充满敬业精神地冀望他能复原。阿里萨无法为她所动，哀怜地望着那名女子像母亲给婴儿换尿布似的、辛勤地处理着他委顿的器官，那一刻，他躺在床上流下眼泪来，并非伤心自己失却男性雄风（他的确这样说的而我也相信）。他把她当作修女一样地告解，他其实是叫×××，而并非刚刚边褪衣服边短暂寒暄里伪称的贾××（妈的竟用我的名字！），他其实是什么什么身份，做的什么什么工作，高中大学哪里毕业……一辈子从没一刻如此诚实地一一招认他以为他这辈子的重要事迹和转折点。

我跟你一样，其实也忍不住回味隔房的那情景，那名玩得正乐的妓女不听劝阻地一把扯下阿里萨朋友的帽子，发出中奖的快乐喊声，就像她胯下那名瘪三在电视上做的某个休闲饮料的广告，啵一声拉开易拉罐拉环，夸张兴奋地喊："哇——夏威夷来回机票哎！"

循例，我第一个把这个笑话兼内幕告诉有研读影剧版嗜好的妻，她始终忠实快乐地扮演阿里萨整天告诉我的那些垃圾消息的处理机，并好聪明地结论出一个屡试不爽的公式，就是把记者和当事人所说的加起来，乘以 0.6，就差不多等于阿里萨所说的内幕事实，好比记者写某女星离台一年根本不是进修而是生下了一个已十一个月大的儿子，而该女星随后召开记者会，出示她一所怪学校的结业证明、并辩驳她将来还要嫁人怎么可能不明不白地生下小孩云云。

若把此事代入妻所发明的公式计算，把前后二者的时间加起来乘以0.6，正好其准无比是阿里萨说的、前天才去吃该女星宴请亲朋好友的儿子周岁酒；而以此试用在那名瘪三身上也十分管用，记者说他婚后如何花心，瘪三便亲密地抱着新婚老婆拍了一系列亲热甜蜜的照片上报，两者虽不易相加也难以乘0.6，但证诸阿里萨说的他们大约每星期相偕去一次大妓院（要不是收费那么贵，大概他们还会增加次数），以及阿里萨曾做掩护帮他逃过记者、以便幽会一名综艺节目中伴舞的小舞星……此公式仍甚管用。

妻十分自豪的这个公式，灵感得自同报另一版面医疗保健信息，说从遗传学的观点可以推测自己的寿命，意即可以祖父（或祖母）加上外公（或外婆）的岁数，乘0.6，得出的数字就是自己的——天啊！那就是说，我得再活少说六十年！六十年！那比瘪三不忠实地一周嫖妓几次要大大地使我震撼多了。

和你所想的并不一样（基于你会看这家报纸、这个版面、这名作者的文章，而且有这个时间和心情，因此我武断地设定你绝对不超过三十岁），我再次强调，和你所想的不一样，原来面对，并承认年老，是如此舒适愉快的一种感觉（我承认这是自己在不过几年前都无法想象的），说真的，除了脊椎两侧不知何时悄悄长成两条悍然不去的肥美里脊肉以外（真的，哪种运动都去除不了），我简直找不出任何因年老会引起的、无论肉体或精神上的困扰，你知道，像我这辈的人，随你怎么称呼，Baby Boomers、丁克族、Grumpies 老雅痞、或前中年浪漫族，在不过一年、甚至才几个月前（抱歉我也不知道确实的断点在何处），要我安心地承认妈的这个世界不会因为我的插手（或不插手）而改变，是件多么困难、困难到足以动摇我的生存意志的事情。

而现在，我真想不隐瞒这令人舒适的感觉：人迟早会死，不必你我去杀；对当局、对社会不满？反正有一天它会崩溃，不用你我去投票或革命；不喜欢，也愈看不懂的小说和电影，不去看就结了；不是吗？两千多年前苏格拉底不是就说过："我只知道我是一无所知的。"

因此第一件事就是，学了一半的电脑，放心荒置不用，反正有周末常被寄放这里的小侄女玩俄罗斯方块；我甚至可以完全不在意办公室那些刚脱离女学生生涯不久的小女生的嘲笑，例如我们常常庆生庆功去 KTV 时，她们显然对点歌空当时店里播映的 MTV 要有兴趣得多，当我又一时失察指着银幕问那名歌者到底是男是女，她们总夸张地做个不可思议的表情、齐声喊出一个英文名字，然后一定加一句："上次告诉过你的，拜托！"其难以记忆远胜过我们的外国客户。

有时她们见我喝了些酒、笑眯眯的，会擅自替我点一首《沙里洪巴》，然后叽哩呱啦笑倒成一团、女学生似的捶来捶去，想用这首石器时代的歌来打击我。要知道，曾经有一段时间，我非常在意这种讪笑，我终日小心地不流露出对于流行音乐——国外的我只跟到 Bee Gees（当然众所知的麦当娜和迈克·杰克逊例外），"国语"歌只跟到出国前的罗大佑，港星只到楚留香，日本演员到山口百惠、松田圣子各自嫁人为止。老实说，这种知识素养在她们看来，简直就跟《沙里洪巴》时代的没有任何差别。

我且很小心地不对她们的衣着打扮露出任何少见多怪的颜色，她们这些，随你怎么称呼，粉领阶级也好，日本人所谓的花子族也好，即使没有隔宿粮，也一样把薪水全花在打扮、用名牌、出去旅游、租小套房（认真地仿效 Non-Non 杂志中的居家布置，从餐具到床单都统一品牌花色，奇怪地称之为个人风格），简直不知道她们怎么想的，年终奖金上午拿到，下午几千上万的衣服已穿上身，谁叫我们办公大楼的一楼就是家大型服饰连锁店，我确定这家店在店面租金如此昂贵时，还能在此地段屹立不动，起码店租是靠我们这些花子族班底支撑的。

你知道，每一次，每一次一个短暂的连休假日，甚至只是一个周末过后，总会见到几个女孩兴奋地互相展示着刚在香港或新加坡或日本买的化妆品、皮包、手表，以及一些我发誓真的是完全无用的小东西，口里边啧啧赞叹"好便宜喔！"另一个口头禅则是"真恨不得刷（卡）一下！"

在这一方面，只小我一岁，长年穿着上好质料、但式样永远不变的妻子，并无法提供我任何足以理解花子族的经验，所以你应该能想象我一旦决定接受年老这件事后所得的解放之感吧，再也不会有因为不知道的新事物而时时产生的焦虑感，哪怕有时真的是那种妈的一点都无关紧要的事。比方说，她们根本没有耐心和知识看 NBA，却津津乐道迈克尔·乔丹和可口可乐合约中止后要跳槽到桂格公司做佳得乐广告，煞有介事地品论意识形态公司又做了个什么怪广告、哪家航空公司这一季的广告又如何如何；言之凿凿 A 公司要并购 B 公司以对抗 C 集团并染指 D 业界，天啊那些华尔街上瞬息万变的事情干我们屁事！干我们屁事！

离开学校十多年，我初次才真正有了毕业的感觉，哇塞真好，我再也不用学、不用再上任何课了！因此我放心地做出个老色鬼的表情，对一名穿着露脐装晃过我桌前的花子族女孩说："想加薪说一声嘛，何必故意衣不蔽体的。"

再也不用知道外面世界在流行什么、在流行穿什么，中空、上空、长裙、短裙……（有几年，我甚至被迫记得该年巴黎时装界得金顶针奖的是哪名设计师）；再也不用知道我们往来的银行经过一阵大跳槽大挖角后的几个 branch manager 是什么人、哪里跳来、可能跳哪儿去、个别的裙带或皮带关系；当然也不必再用谈论政治人物或明星的素养和热情，来谈论那排名前几大公司的区域国际总监分别是谁谁谁；上班塞车时也不用打起精神听 ICRT；也不用读《南华早报》、《亚洲华尔街日报》或《经济学人》，改看不用头脑只用器官的《美华报导》《翡翠周刊》，反正我常用午餐的店里大量供应。

我甚至坦然地面临并接受第一次的阳痿——自然大大不同于阿里萨发生此事的人、事、地——我的妻子事后坚持一定是她头顶的那几根白发所导致的（因为但凡前戏时，我非常非常喜欢埋首于她的一头浓发中，那比抚摸她身上任何一个部分都容易使我兴奋得多），并因此怨责我平常老是懒得替她拔那几根她自己照镜子也无法拔到的白发。

那会是一件那么不容易理解的事吗？

我试图告诉她，我仍对性事、对她，充满了无限的兴趣，只是有一种难以形容、青春期时常在我体内骚动的神秘力量，不知什么时候离开了我，所以，目前，若要我很坦白、很自私地说出我真正喜欢的一种做爱方式，我称之为无性生殖。

这方式的确不容易解释，我真希望你看过狄西嘉导的《昨日今日明日》中的"明日"那一段，你就一定可以懂得，有没有，索菲娅·罗兰学脱衣舞娘的动作边慢条斯理地褪却衣物边极尽挑逗之身段，此时马斯楚安尼乖乖地跪在床上，快乐认真地边观赏边不时发出月圆狼嚎的叫声。

是了，那就是我目前对性事所期待的理想境界，用音乐来譬喻的话，你可能更容易掌握，这么说吧，年轻的时候若我想在音乐里做爱，我可能会选择深具征服、侵略意味的"波丽露"，那乐音总使我以为自己是个穿着兽皮丁字裤、手执长矛的克罗马农人；要不放上一张歌剧碟子，女高音的尖叫声可以使我享受一下做个变态狂的新鲜感。而在此刻，我一眼相中的是——你不要笑，"007电影"任何一集的主题曲，冶艳、温存、挑逗，但你不一定要干什么，你知道就像每一集中007都和各种女人做爱，但那电影是普级的，普级的！这就是我说的那个意思。

我多么希望我的妻子能如此配合我（如前述的苏菲亚·罗兰），我绝对会是她此生最忠实的观众，而且肯定如此的方式我可以得到充分的高潮和快乐。

妻打断我对理想国的描述，咬白了嘴唇，起身离去，老半天，才从浴室发出充满着泪水的怒吼："贾××，你什么老了你，变！态！"

但确实我说的都是实话，此生再没有任何一个时候，像现在这样对性充满了兴趣和心得（我承认年轻的时候，只要有肉就好，真的分不出女人身材的好坏、特色、功能，乃至其精微处），现在的我，甚至性趣泛滥到有暇关心另一国（同性恋）的性事，不足为外人道（也绝对不足向保守的内人道），我几乎一眼就可以判断出一名陌生男子是否是另一国的家伙，但只有阿里萨追问过我此中的秘诀是什么，我答嘴巴，从嘴巴判断，你知道，那种不是出自天生却异常的大嘴，以此可断定，"因为长期用口的缘故，给撑得"。

我们后来以此要领研究一些公众人物，尤其是政治人物，断定其中好大一部分都是隐藏甚佳的双性恋者，我们为这个结论双双慨叹并同情着，也就是那时候，阿里萨告诉了我他的第一次阳痿事件，他说："我跟你不一样，我还是非常非常喜欢触摸她们爱抚她们，而且很仔细的，很仔细的，因为我发现她们真正喜欢的是这个，哪是男人自以为是地进进出出，不过最重要的，我是想借这个检查看看她们有没有什么性病。"处女座颇洁癖的阿里萨这样说。

令我很吃惊的，他如此诚实地招认。

跟你所想的不一样，我们这些在你辈看来有些成功、有些腐败、有些盛年的魅力、也有初老男子的猥琐鬼祟，以及见了小女生总挡不住流露出的父爱加色痨痨的神色，我们并不是如你想的一在纯男人的场合，就一定大谈女人、大谈性事、或洋洋吹嘘自己的性能力，错了，我们甚至根本不谈与性有关的任何大小事——无论是与自己妻子或其他女人的性冒险，那是一种非常微妙有趣的气氛，我不妨提示你一下，想想看《水浒传》里那个几乎纯男人的阳刚世界——尽管你这辈的人大概少有听、阅过水浒，但总该看过蔡志忠的漫画版吧，我想他应该画过，那汉子宋江镇日舞枪弄棒，不好风月之事；想想武松为兄杀嫂，那嫂子可是史上美女淫妇排名前几的潘金莲呢；还有拼命三郎石秀，翠屏山手刃潘巧云……

我们这辈人，当然不至于为个什么伟大的男性友谊动刀杀女人，但是有一块世界，我们默契极佳地共同小心维护着，这样说吧，我们可能在闹酒中、因为某人的喝酒不爽快而轻易翻脸，但绝不会因为他背叛妻子走私一番，而出面给予任何道德的谴责、制裁，或微弱的劝说暗示（尽管我们与他老婆也颇有交情，单身时甚至常在他们家打拱猪吃他老婆烧的晚饭消夜），别人的理由我不知道，至于我自己，我只能说，他妈的我受够了，我就是受够了。

说来也不怕惹得满街喊打，我真是受够了那些不知从什么时候开始愈来愈多的女权主义技术派者（请注意这大大有别于我跟你一样也赞成的男女同工同酬、子宫权、夫妻分产、子从母姓这类的女性平权主义），例如她们，那些技术派的，会在你一时失察脱口而出"哇操他妈的B"时，冷冷地纠正你，请改做诸如"我操他爸的A"之类的，极端者甚至痛恨英文的第二个字母为什么念 B，她们且致力改变或发明一些字，如你也知道的，一律用 he 不用 she，努力发现某个中性的字以取代 man，pub 里点 Blood Henry 取代血腥玛丽，时时检查纠举你生活中有意或无意透露出的歧视女人，或挑衅你，比如故意在工作桌上压一张裸男或健美先生的照片，甚至哪里弄来一张贴纸，上书"I love ten inches"。在跳舞的场合，她们绝对不跟男人跳，不管快舞慢舞，宁可独舞或两个女人怪怪地拥成一堆。健身房或韵律舞练得的一副健康清洁的好身材，绝不教男人染指，哪怕其中也大有根本未经恋爱或没吃过男人亏的。我猜想她们宁愿私下传借电动棒，也不愿意因为寂寞而让男人乱了生活步调（不过这一点倒是与我的无性生殖的理想境界有不谋而合之处）。

我不知道她们从何而来的印象，觉得我们仿佛一堆狗屎一样在这世上是如此地多余，尤其是那些前述的刚从学校毕业、每过一个夏天就会冒出好几名、看似未经世事的小女生，我承认我们的确总是无法克制地想在她们眼前晃晃、卖弄一下，才管她们可能残忍地在心底鄙夷一声"老鬼！"或转过头去扮个呕吐鬼脸，你知道，与其说从她们身上似可满足那种渴望呼吸到新鲜空气般的强烈欲求，不如说，我老觉得她们是我的孩子，是我大一那年女朋友在内江街噙着眼泪拿掉的那个长成了的孩子，因此，出于一种爸爸的父爱（你若坚持解释为父权宰制或酋长心态，我也难以辩解），我简直无法忍受任何一个浑小子对她们跃跃欲试的意图染指，尽管她们像我前述的那样防卫甚佳，但那些同年纪男子不得不让人——尽收眼底的攻坚行动，实在非常不雅观，像一只只刚冒出几株尾羽的小公鸡一样，粗鲁莽撞。

与他们相比，我简直想为自己高唱那首歌：我很丑，可是我很持久……

话说回来，那么到底我们这一群优雅的老狼在一起时聊些什么呢？

一言蔽之，车马衣球。

车乃汽车也。

通常前一年的 Cars of the year 尚不足支撑我们的话题，我们其实最常谈的是非常实用的自己动手保养车子的小秘方，互相诊断治疗对方的爱车，并交换新出品的汽车蜡或车身补漆剂等等的信息。除此之外，我们也扩及其他的相关金属及机械制品，如飞机、武器、音响、钟表、工具等等。

至于马，有时真正是一匹马，一匹心中想养没养成的那匹高大美丽的阿拉伯马，或是一头鹰、一只最聪明的拉布拉多犬或旧俄皇室贵族养的猎狼犬、一头美丽的杀人鲸……但大多时候，它是正在养的一只神经质的小博美狗或一缸海水鱼、一只变色蜥蜴、一只被儿子养得奄奄一息的小白兔。无论如何它可能是任何动物、甚至植物，但此马绝非彼马，绝对不是女人。

衣，衣着、时尚、名牌。

关于这点我觉得很莫名其妙，虽然我们之中也确有非常注重外观衣着的人，但从小我们被学校也好、家庭也好所教的无非是，那是女人的事，壮夫不为。什么时候开始——有人指称是民众所得超过六千以后——即使你仍不愿花时间心力在衣着而委托你的妻子或女友处理购买，你也必须知道你愿意穿戴或不愿意穿戴的是什么品牌，以及所衍生出的大量垃圾信息，他妈的它已经俨然也是一门当代显学了。

至于球，乔丹的 Bulls 昨天又大快人心把脏死人的 Piston 踩在脚下，已三十胜五负吓死人的成绩；暂居老二的 Golden State Warriors 也很像样，内线 Owens 那几个 rookies 不坏，而 Chris Mullin 我看已完全取代癫痫鸟 NBA 王牌射手的地位，你没看他射三分球的手腕，软得咧；Lakers 我看今年完全没望了，Magic 种菜瓜得菜瓜的玩出 AIDS 出局了，但他老兄说他不死心还想打巴塞罗那的奥运；还有还有还有，这个月底 Super Bowl 我押 Buffalo Bills，除非跑锋 Thomas 提早受伤被抬出去——好了好了，我不说了，你可以把耳塞取下吧。

不过，再一句，能和迈克尔·乔丹生在同一个时代，看他打球，实在是一种幸福……

……才不过几年前，我还在担心老年时会做不动想做的事，如今我才发现，原来有太多太多的事，我根本就不想做。

这是我所体会到的第一样老年乐趣：放弃事物，放弃许多事物。

注意，这不是投降或不得已，而是一项权利。

谁说这不是老年的好处。你可以发现，不管过往你是个虔诚的某某宗教信徒或坚决的无神论者，但此刻可以不再与别人、与自己争辩地安心承认：我不信上帝（佛祖、老天、阿拉真神……），可是我怕上帝。

这种弃甲投降并非全然是坏事，你不会像年轻时候事事意不平，你对种种发生在你身上、身旁的莫名其妙的（坏）事，渐能够泰然处之，只因为你终于了解那个无能的大神又暂时打了瞌睡或因此晃乱了他的棋盘。

在这样喜悦、却无人（包括我的妻子）可分享的心情中，我竟然接到阿里萨的来信。

才看到他信首称呼我的"老 B 羊"，我顿时眼眶一热——来不及读阿里萨的信，脑子搁浅了——这才真正恍然大悟过来，原来我的妻子也老了，只是老法不同，不是因为她说的头顶那几茎害我阳痿的白发，不是眼尾纹，不是身材，事实上，这些个距保养甚佳、未生过小孩、三十五岁的妻还很远，我只是清楚想到不久前，一对雅痞同事夫妻迁新居宴客的事。

那天晚上妻和我一起赴约，完全轻松非应酬的场合，我很习惯与同是客人的办公室小女生们延续平日的相处方式调笑着，那天调笑的主题很无聊，只因为我穿了一条钉着铜扣的李维斯 501 牛仔裤。

那时候的妻，似乎匆匆地上主人顶楼加盖的音响室兼书房去参观，并不像过往每遇这种时候，总会给我意味深长的一眼。我并分不出心神来意外，或像刚结婚时一样不管自己是对是错，先去向她安抚赔罪就没错。

……当晚回家后，好像她也没什么不悦……想不起来了。

但是我可以确定的是，她无法像不过一两年前一样，在那样的场合，我与别的女人真真假假调笑的场合，一面娴静专注地与人社交谈话，一面目光炯炯地穿过管他多少条的人影追踪我。返家的那一晚，不是一顿吵架，就是一场冷战，一场眼泪，或一场疯狂得快发展成性虐待的做爱作为结束……无论如何，绝对，绝对，不是那晚的行止。原来，妻的老衰，不是身体，不是容貌，而是从感情开始的……

年老了的妻子的感情，再也无法如年轻时一样强韧，强韧到足以承受各种因为她的侦伺而发现的残酷事实。

现在的她，像个老衰不能再战斗的母兽，只顾依本能避开一切不利于她生存的环境，躲起来，看不见，因此也就不会受到伤害……

发现并确定了妻的老衰，给我莫名的悲痛，老天知道我现在是怎样地想念那些她目光炯炯注视我与别的女人调笑的时光，还有那种我曾深引为苦、当众清楚感觉被她眼中所射出的万箭穿心之感……再也不会有了。

"老 B 羊——"

我很觉萧索地展读阿里萨的信，并分神注意那奇怪的邮票奇怪的国家奇怪的邮政效率（署名日期是差不多三个月前），才看两行，心里刚刚似乎在敲着的悲伤沉重的钢琴曲给换成了奇情悠扬的萨克斯风，蓝色夜雾码头的海洋，一名享受孤独的男子专心地对空吹奏着，是什么咖啡的电视 CF 广告吧，但是让我想到这封信里的阿里萨。

"我也不知道到底想在找什么？"阿里萨如此开头。

我们这个年纪还讲这种十七岁的话或许你会觉得是很恐怖的，但且慢我确实知道他说的不是妄语，例如有一阵子，他非常认真地到处在寻找烂命。

这几年不是如此吗？人人像带身份证一样把紫微星座命盘随身携带以备人询问。妻便也帮我用电脑排了那么一张，我对这全无兴趣意见，只把它当成社交礼仪的一种，不得不跟驾照和各种卡放一起，而果真被人索过好多回，有熟人，有生人，当然那些小女生没一个例外，我觉得最莫名其妙的是一些陈年老友，边看命盘边认真描摹出一个人，好像他们眼前认识有十几二十年的活生生的我是个陌生人，而那纸上的怪字眼儿倒像个解剖图似的才能让他们充分信任并清楚了解。

但阿里萨就是这样，熟人的命已被他全看遍，他只好出入一些咖啡馆、Pub、酒廊之类的场合，并为此不得不打破他的孤僻，忍痛去认识很多人，往往跟陌生人刚搭讪上三分钟，就忍不住向人家要命盘，而且都只顾自己看，全无耐心和礼貌解盘给对方听。

因此有一阵子朋友圈中盛传，阿里萨好几次险些被人家当神经病或同性恋揍。阿里萨对此事的解释是，他在寻找自己生存下去的意义，"你知不知道，每当我看到那些比我烂几百倍的命，而命的主人还不知死活快快乐乐地过活，我实在找不到我活不下去的理由。"

他热心地解释给我听那一条条他所搜集的可笑复可怜的烂命，好比诸多命无正曜的人，好比有个家伙命宫独坐煞星之王的地劫星，好比王××，我们共同的一个老朋友，他的夫妻宫是紫微贪狼，阿里萨解释给我听，意即他老婆是个女王蜂，掌钱掌权，而从一些乙级星、小星星和王某的命宫来看，他是全然应付不了他老婆的需索无度的。

"可是实在看不出来。"我非常吃惊地反驳，因为王妻跟我的妻子味道很像。

"所以更惨，王××是哑巴吃黄连。"阿里萨非常肯定。

并非因为我不懂也不信命理，所以放弃在这方面与阿里萨的争辩，我只是不想破坏那阵子他看似昂扬的心情，毕竟他认为他找到了生存下去的意义，要我不花本钱地提供烂命一条供他收集，我也十分愿意。

　　每一个睡眠者都只有他自己的世界，但醒着的人们有一个共同的世界——谁说过的我记不得了。

　　都跑到爱琴海边了，怎么海水还是 $H_2O$，岸边的沙也是矽，橄榄树我虽是第一次看到，但其下的野草跟我小时候拔来拴虫子的好像。

　　怎么会这样子。

A

这是一张标准的风景明信片，背面是一幅典型希腊某古迹的断垣残壁照相。

我尽量不为所动。

隔没几天，阿里萨的第二张明信片寄到，妻边疑惑地认着发信国名边递给我说："埃？及？老马不是说他正在纽约吗？"

长居纽约的老马昨天越洋电话里，居然向我打听阿里萨此刻在纽约的联络电话。

大概又是两三个月前的信吧，明信片是一幅令我吃惊如此扁鼻瞎眼的狮身人面照片，阿里萨写道：

老 B 羊：

坐在冷气车里观光，简直忘了外面是差不多摄氏四十几度，所以更不会奇怪他们的女人都穿得好多，披披挂挂拖在沙地上，不是你想象沙漠里阿拉伯人那种可以隔绝酷热的白色棉布衣，都是很深很热的颜色。

有一段路程是沿着尼罗河畔，河边都沼泽一样长满芦苇，沿河成排的椰枣树，乍看很像椰子树或槟榔，非常南国风情。林隙间，匆匆瞥见一个穿着艳紫色长衫的女人，骑在驴背上缓缓行过，活生生是聊斋故事里经常出现的画面，使我想起大一时语文老师要我们读聊斋，到现在我还是觉得它比《金瓶梅》和《肉蒲团》能让人勃起——这些年我自己在这方面的问题其实我自己知道，那就是，对我来说，固定一名性伴侣，比禁欲要困难多了。

A

阿里萨没说为什么，明信片就写满挤不下了，"肉蒲团"、

"勃起"、"性伴侣"、"禁欲"乱七八糟跟收信人名挤在一块儿。

"他怎么有空写那么多信？只写给你吗？他玩伴不是一大堆吗？我看你跟他也没有那么好嘛。"妻对阿里萨旅途中的不时来信觉得好奇。

"……大概是老了。你没觉得吗，老朋友跟旧衣旧鞋一样，穿起来舒服。"

我猜测着，也的确这样相信，当我们年老时，既不会变得更好，也不会变得更坏，只是愈来愈像自己罢了。

老B羊：

今天车行整整一天，过色雷斯平原，就是希腊神话的野蛮之乡，盛产音乐家，据说战神马斯的故乡就是这里。但是当然我什么都没看到，那景观也无甚新奇之处，甚至好像回到去年此时我去大陆华北看景的情景，一望无边的土地，干荒贫瘠得很，除了路两旁的白杨树外，地里只长棉花烟草和向日葵。旷野风大，不见人迹，是总让我很忍不住想生死问题的天气。

傍晚，连人带车坐渡轮过达达尼尔海峡，此海峡古名海利斯邦，你大概也不记得了，就是寻找金羊毛神话里，骑金羊逃跑、不慎掉在此海里淹死的那个妹妹的名字。

过海后，算又回到亚洲，但与色雷斯一样都在土耳其国境。土国好穷，一个手工彩绘的小烟灰碟算算才台币十元。晚上在旅馆附近的小镇方场溜达，一个高大俊美的年轻男子手挽草篮向我兜售，都是丝巾、小陶饰品，他那诚恳慈祥仿佛老婆婆的表情与其外貌之唐突，实在让人无法卒睹，令我怀疑他是否是对方那国的借此来搭讪我，只好赶快掏钱买下全部、连那篮子，但他不肯，比手画脚坚持留住那空篮，挽篮离去。

小镇黑漆漆的无甚夜生活，只码头边矗立索尼、日立、丰田的霓虹灯，难怪刚刚那男子用日文跟我道谢。

我打算只在这里盘桓两天，再去特洛伊。

A

我开始掉头发，只要一用过浴室，所有的出水口就会堵塞，妻来不及抱怨，四处打听内服外用的秘方，仿佛我已经是个秃子。

在此同时，我只顾闲闲地开始过冬，间杂花了几个下班的晚上，推掉应酬陪妻购物准备过圣诞节。

我发现自己竟没一件事想做，除了等阿里萨的信，特洛伊的信。

但是我只等到一些不相干的圣诞卡，有几张是公司里只做了一年半载就出国念书的年轻女孩子，不管她们在美东美西或英国法国的哪个州哪个城市什么的，很奇怪的不约而同对新生活的描述几乎一模一样，无论是快乐还是忙累，你知道，每当我出于礼貌只想火速瞄过她们的信，总会被那些三两行就出现一次的"！"或"☺"或注音符号或他国文字所搁浅，看看此段文字，"贾 Sir: Surprise！ Surprise！美国运通信用卡部分的广告给 CHIAT 抢跑了，◉◉！ Absolut Vodka 这一季在 Forbes 上的广告看到没？ Apple 竟然和 IBM 联手抗敌，好可惜没看到那支 1984 的 CF。我姊姊刚才大血拼回去，托她带了一本上个月的 Vanity Fair，里面有一百一十六页 CK 的广告，awesome 得不得了，她会寄到公司去。代问候×××、×××，你们圣诞狂欢别忘了有人在 N.Y. 😭"

"贾 Sir：想必台湾也大大报导了 magic 的事，不管老美怎么说他，他仍是我的偶像——呕吐的对象！"

短短的信，总看得我筋疲力尽，仿佛一个老衰的爸爸扛着精力过剩的小儿在肩上戏耍，更多时候，我错觉自己是一个退休的老头儿在阅读大学女儿讨生活费的家书。

我发现我比自己想象得还要老。

你没发现吗？他们这辈的小孩习惯反叛一切事情，那自然也就无从发现一个自己想接近的目标；他们奉新鲜事物为宗教，拒绝一切传统（包括好的那部分），因此对人类伟大心灵长期所产生出的种种思想、艺术、价值观……有种近乎不解、恐惧的冷漠；且因为他们中心无主空空洞洞，只得不停地大量消费资讯，以为自己果真脑子满满全是思想。

他们甚至失去了使用感情的能力，无论付出或索取，只因他们确实未经真正的贫穷和战乱离别，感情无瑕如他们自娘胎出来时一样，不多也不少。所以，他们只好用高分贝的音量和近乎聋哑人的夸大动作，来表达自己可能并不确定、甚至也不存在的感情和意见。

跟他们交谈一场，就仿佛刚从迪斯科舞厅出来一样，耳目形神给轰炸消耗得疲乏至极……

这些话语，像不像苏格拉底在将近三千年前批评他同时代年轻人的话？

……当你很理直气壮、不愿意再去在意和理解下一代，觉得他们简直、简直不足挂齿，不值探究时——不不，这不是老年，我可没这样结论，我只是觉得，我们仿佛划离时间大河登岸去了，生堆野火，烧壶咖啡，凭眺风景兼目睹他们这些小子一朵朵恒河莲花似的流过眼前，抱歉并没有谁超过谁这回事，差别只在，他们一心想去的地方，我已失去兴趣。

老 B 羊：

　　真是要命，克里特岛长得好像澎湖，也可以租车环岛，你记不记得大学毕业旅行，我们在澎湖合租一辆车抢着乱开，结果一撞再撞，还差点落海。

　　环海的公路常常见到裸上身的女老外悠闲地骑单车漫游，令人神往。岛上的超级大古迹非常多，包括神话里的诺萨斯迷宫，不过被修补得像是台湾寻常的庙，黄色的墙壁红漆水泥柱。我较感兴趣的是岛中央最高约八百米的山，导游的话我没听清，不知是说宙斯死在这里，还是像盘古死后化为山川一样此山是他的躯体，总之看来有点像淡水观音山。

　　神话里，宙斯母亲瑞亚怀他时，就是逃命在此生下他的；宙斯有回化身公牛诱拐了欧罗巴公主，也是逃到此岛以便躲避吃醋的老婆希拉，当地人还指证历历宙斯是在哪一棵橄榄树下诱拐欧罗巴的。写不下了，下次我改用旅馆信纸，克岛真的好像澎湖。但愿我在衰老前死去。

A

但愿我在衰老前死去……

岁末了，人人看似都忙，妻忙着学校学生的期末考，几个 Pub 喝酒射镖打弹子的朋友也约不出来，倒是外商性格甚重的公司，在认真过个圣诞节后，已无人有心把此年再老实过完，只除了会计部门忙着做账，和老板自己新年新计划。

老板想重做现正流行的公司 CIS 识别系统，自己亲自下海花了几天时间写了一份"山阳相互银行→ Tomato Bank"，要我们在假期里研读，上班第一天的早餐会议上要讨论。

山阳相互银行→ Tomato Bank。

松屋→ Matsuya Ginza。

电电公社→ NTT。

消费者沟通。整合员工意识。破坏性的创造。美丽的圣诞红。美丽的圣诞红色唇膏的嘴唇。嘴唇。


老 B 羊：

　　夜宿土国第二大城，伊士麦港。晚上到港边晃荡，为躲乞讨的人，走进一家人声乐声沸扬的小餐馆，乐队以为我是日本人，奏了好几首日本歌，知道的有《寿喜烧》《知床旅情》《北国之春》。港边的灯火全映在黑海里，又很像有一年中元节我们在基隆山顶那个什么公园看摆普度的港口夜景。

这里距离特洛伊只一日车程，白天停停走走几个古迹，无非都是断垣残石，我全弄混，只中午在一个名为 Bergama 的小城，全城人皆以织地毯为业，一个人从早到晚专心织，大概织得数公分见方，卖给我这样路过的观光客。

它的卫城在城外山上，最早是波斯人建，后为亚历山大征服，主要的神殿只残存几根列柱，较完整的雕像都在大英博物馆，著名的宙斯像只剩下基座，其中野长着一株橄榄树。大概此丘正对海口，海风大得几次我得伏地前行，使我怀疑这是北风神带走奥莉茜亚之处。整个废城除了尾随我的导游，只有远远一个工人在替城墙墙缝薅草，荒凉得令人想放声大哭一场，我大概快更年期了。

A

"三八喔！"妻看完阿里萨的信，以此语做结，然后豁然起身去阳台弄她的盆景。

看着她发僵的背影，我真的不知道她气的是谁，是她自己，还是我？昨夜我又一次的不行，我不晓得那是不是主因，她居然没叫我去拧掉微光的床头灯，因此使我得以看清她没穿我平日摸熟了的那些真丝内衣，她把自己当作个圣诞礼物，穿了一件咪咪小的比基尼裤，红色的纯棉布上印着可爱的白雪人、绿圣诞树、小金星、圣诞袜、还有圣诞老公公……不，不是圣诞老公公的关系我发誓，反正当下我只觉得自己是一个妈的在亵玩女童的肮脏老头，就这样，好好的、第二天可睡懒觉的夜晚，就再怎么都不行了。

两人假意这是全天下最不重要的事，努力去睡着。睡梦里，寂寞得不得了。

我仍然对我父亲那辈人的老去法充满好奇，他们是渐渐地老去。年轻的时候，比我们同年纪时要老，老了，也没我们现在这么老迈。真的，他们在我这个年纪，小孩们迤迤逦逦也都念初中高中了，可以不有责任不有年纪不有衰颓之感，妈的他明明就是那一巢最老的那只鸟嘛！

我们呢，到我这个年纪，如果坚持的话，我们借运动、控制饮食，还可保持与学生时代相去不远的样貌，甚至可像青少年一样的终日玩乐，并且玩兴不减，谁说，谁说二十五要结婚、三十得立业、四十儿子进大学、五十抱孙子、六十退休领退休金，然后等待死去。

我们并非拒绝死亡，拒绝年老。我们只是拒绝遵守以往人人老去的那种轨迹、那种时间表。

简单说，我们的老法是，当你愿意老时，一夕间就老了，不用说包括肉体、意志力和野心，全部随之委顿不复。

我不明白到底阿里萨在挣扎什么。


老B羊：

　　我的导游是个退休的大学历史系教授，专业知识自然不成问题，但英文不好，不过如此正合我意，我一点都不想知道太多古代人干嘛干嘛，我忍了几次想问他目前的收入是多少，觉得很不礼貌才没问，你知道，他们寻常在街上讨钱的，都是衣冠楚楚的大男人，服装当然不可能是名牌，但质料非常好，是那种你愿意好好保养穿一辈子的毛衣大衣，但不知道为什么个个口袋都空空，跟台湾相反。我的导游就看似一样的人，我在考虑离开土国时要不要给他一笔超级小费，唯一只怕伤他自尊。

　　我们今天盘桓了一整天的地方叫以弗所，据说是新约《圣经》记载过黄金淹脚目的大城市，如今来往的都是最穷的人，我遇到一大家子本地的观光客，他们很认真、快乐地出来观光，都身无长物，看到我有摄影机就忍不住上前来要求帮他们拍照，我照了两整卷，女人、小孩、夫妻、情人，留了地址希望我以后寄给他们，挥别他们一张张天真依恋、热切期盼的脸，仿佛我带走的是他们的灵魂。

A

我要妻在学校找了一份高中地理地图，依阿里萨来信的署名日期排列，大致可勾描出他的旅行路线，好奇怎么漏了特洛伊的那封信呢，当然也许他并没有写，我也好奇那些爱琴海上的十几个有标识地名的小岛，不知道他还会去哪几个？

地图上，我的铅笔画到最大的克里特岛就中断了。——克岛真的好像澎湖，但愿我在衰老前死去。

"你问他不就结了，影剧版上今天有他消息，说他刚从纽约回来，有一大堆灵感，要弄什么新剧，要不要打个电话联络？你们有多久没见了！"妻大概很不习惯我的近日夜夜蛰伏在家，问候病人似的对我格外温和耐心。

那是一种至难描述的感觉，我一点都不想跟阿里萨联络，甚至害怕他来找我——他回得来，难以相信！对我而言，尽管他旅途中的来信是单向、是我无法回复和应答的，但是那种契合之感是如此地真实，真实过我们从大学到现在的无数次玩乐、冶游，和几次差点可以发展成同性恋关系的同床共眠剖腹交谈。

尽管我在这繁华之地，往往是电话 Fax 或电脑打印机暗暗乱响的办公室，跟随着他在地中海畔作那荒芜之旅、吹那寂寥的野风，好奇着下一段旅程、下一个小岛，然而，总隐隐觉得，旅途的终点，是遥遥没入海里，指向死亡。

我无法相信阿里萨活得下来，或曾在纽约，或已经回台湾，或要马上做什么新剧，或过两天会打电话来……我不相信，也想拒绝。


老B羊：

小岛叫作米克诺斯，本来打算住五天，结果临时决定多住了一星期，因为是淡季，旅馆飞机不成问题，也因此以观光为业的岛上居民去了一半，商店大多关门，要到来年初夏才从欧陆各国贩货回来。岛上所有房子都漆白，包括小巷间的石板路也是白色的雪花石，只窗框或阑干漆着环岛的海洋一样的蓝。

此岛其实以邻岛提洛斯得名，提洛斯岛是希腊神话里阿波罗和月神雅特蜜丝兄妹诞生之地，但风浪太大，我怕晕船不敢出海，所以至今不曾去过。

小岛其实一日就可走尽，大多时候我就在港边晒太阳，我常用餐的那家码头餐馆兼卖希腊传统手工织品，店里的老婆婆正替我织一件此地渔人穿的毛衣，我每天儿子似的去探望她，以便目睹她的进度。想必离开时能完工。

A

老 B 羊：

　　米克诺斯岛待久了也好像澎湖，你记不记得澎湖到处是小庙，此岛岛民也以捕鱼为主业，所以岛上随处可见比土地庙大不了多少的小教堂建筑，据说数量比岛民还要多，当然祭祀的是圣母玛利亚。我白日租了一辆（老老的，你会想称它为电单车的）摩托车，穿件挡风（差不多零度）的亮皮黑夹克，墨镜，太阳很大，天空很蓝，因此以为自己是《爱你想你恨你》里的亚兰德伦。我在丘陵野地里乱骑，除了羊群和不分东南西北可见的蓝色玻璃似的炫目的海洋以外，一个人影不见。很容易就找到岛的最高点，因此可远远看见那个日神月神诞生的小岛。

　　岛民喜欢聚集的地方除了码头一带，另外就是一个小方场，方场正对四个小风车，我看到岛上贩卖的观光商品甚多以此为题，有一幅大概因沾了风车的边、硬也摆在其中的是毕加索的《堂吉诃德》复制画，空白纸上仅寥寥数笔，黑色的太阳、黑色的瘦马、黑色的秀斗老人和地平线上的黑色小风车，看了很可怕，

143

因此没有买下来。

A

米克诺斯……翻遍书店里的观光指南并没找到相关资料。

米克诺斯……我很快放弃寻找，以为那种被人类文字世界遗忘之感，很符合阿里萨此刻给我的感觉。

但是在办公室里，一名及腰卷发、女漫画家打扮的女孩，顺手拿起阿里萨的明信片当场尖叫起来："哇！米克诺斯！"她以英文发音，而且看的只是什么说明文字都没有的风景照片那一面。

"真的有这个岛？"我夺过来，审视着那张寻常的蓝天蓝海白房屋的风景照片，女孩做个"拜托！"的表情，示意要我等一下地转身离去。

"……（差不多零度）的亮皮黑夹克，墨镜，太阳很大，天空很蓝，因此以为自己是《爱你想你恨你》里的亚兰德伦。我在丘陵野地里乱骑……"

阿里萨，我们真的离开那个时代那么远了吗？

冬天的下午不愿意上课，几个人到附近镇上的破落戏院看两部同映、票价二十元的电影，期待的心情与电影广告看板上的肉色多寡成正比，好多的艾曼纽各国游记，好多的意大利喋喋不休片，当然有时也意外有些大师级的作品莫名其妙混迹其中。亚兰德伦，冷酷杀手时代，烤香肠，腌芭乐……有时冷醒，发觉是在空旷似大仓库的戏院，观众寥落，非英语的陌生外国话回荡在冷空气中，好寂寞。

并非因为银幕上的男欢女爱画面，好想好想，找个乖女孩，暖暖地抱在被窝里，喂！真的，我发誓什么也不做，不做爱、不谈心，就只是睡个温暖的白日觉。

真的那么远了吗？像这个连米克诺斯都知道、亚兰德伦洗手不干杀手后才出生的女孩，就一定不知道亚兰德伦，她们甚至不知道蒋光超！因为有回我和一名同为老芋仔的同事谈到某政治人物，形容其丑怪如蒋光超，几名女孩小鸟合唱一般齐声问我们蒋光超是什么人，其中自以为聪明地还抢着推测，那是孝严孝慈同样散落在民间的手足！

她们这代的特征就是，理直气壮地不关心、不知道她们出生前的所有人、事，对她们来说，比她们年长的人就仿佛一个个用过的电池，丢了都还嫌污染环境。

是毛姆说过的话吗？我认为要让年轻人们明白"一个人老了，不代表他一定就是傻瓜"，好像不是件容易的事。

那个视我为用过的电池和傻瓜的女孩拿了两本书给我，分别都替我翻好并贴上自黏纸，只差没提醒我裤子拉链有没有记得拉妥。

一本是女性时尚杂志，连续数页黑白印刷的 GUESS 服装广告，主题叫作 *A Holiday for Claudia in Mykonos*，以长相及其乳房酷似 B.B.（她们一定也不知道是谁，奶油？或甜辣酱？）的德国当红模特儿克劳迪娅，用米岛为背景所拍的当季服装广告。

另一本是她们整天互相借来借去的村上春树的某一本书，目录前有几页是村上的照片，其中一张轻松地穿着短裤，背景什么也看不清，一旁的说明是：村上春树在米克诺斯岛。


老 B 羊：

这个岛叫作罗德岛，明信片上的陶器花瓶上所绘的鹿，是此岛的标志，此地的导游告诉我，我们登港的那个码头早先原有一尊脚跨整个港口的巨像，是古代七大奇景（另六大我没问），后来地震把大铜像震倒了，在港边一躺九百年，最后被阿拉伯人运走当原料卖，现在只剩人工修过的两只青铜鹿。

岛上观光淡季仍很热闹，晚上都有游荡去处。山上林多斯卫城里的雅典娜神庙，只剩废石。

逛了一天市集，只买了一把 NINA RICCI 的折叠女用伞，小小的收随身包里很实用，老故事回旅馆拆包装，才发现是台湾制的，难怪超级便宜。

我打算缩短行程，只在此岛住三天。


特洛伊的信呢？

"Jackie！"五星级饭店的中庭早餐桌上，我的蓄着小胡子、大林子祥好几号的老板喊醒我。

"Concept marketing！ Not product marketing！"

概念行销。贩卖创意。卖脑汁。……我不知道他为什么要一再重复所有书上杂志上都说过的，难道只因为他是老板？

"打个比方，Chivas Regal 台湾版的，大家想想。"他以大卫杜夫细雪茄指向我，示意我屁一番。

我们讨论过的他妈的他又忘记了，难道他是老板他就可以爱忘记吗？

奇瓦士威士忌的广告你一定看过，台湾版用的是一张黑白泛黄的老照片：三十年前，一个高中男生单车载着一个高中女生骑在乡间小路上，脸上是腼腆快乐的笑容。我们父母那一代的相片簿里总有类似味道的那么几张，大多时候他们都因为难得拍照，所以努力笑得很开心，但我以为他们之所以笑那样，是因为他们不知道后来的日子会如此漫长重复无趣，很奇怪他们身处那样封闭孤绝的时代，却对未来充满无限肯定和善意，大异于这些不知道亚兰德伦、蒋光超、

B.B. 是谁的女孩们（其中一名硬要与我们一起回忆起蒋中正时，她对这位在我们时代里与耶稣妈祖如来佛一般伟大的"民族救星"的记忆，是十分甜蜜的，"我幼稚园大班时候，儿童节放好长好过瘾，我记得我们园长好像告诉我们说是因为有一个'总统'死了，要纪念他干吗的"）。

对过去，他们天真无邪得像个孩子甚至白痴。对未来，他们早衰得仿佛已一眼望穿人生尽头处，像个消磨晚年、贪恋世事的老人。

我们这辈子已花十年，或必须再花十年，才能洞察或宣告降服的种种价值观和人生哲学（好的、坏的，利己的、利他的，享乐的、禁欲的，有的、没有的），他们已熟极而流的行之有年。对这一点，我无意批评他们，并非为了媚俗（你知道很多我这辈的人就是这样的，唯恐批评年轻人，因为那几乎只说明一个意思，就是，你老了！），我其实很佩服他们对人生为何能那么缺乏经历却如此老练，我简直好奇极了他们从成长的白痴生涯到一夕之间十足老手一个，那之中的失落环节究竟是什么？

老 B 羊：

我的行程早已大乱，原来预定的下一个岛的旅馆早已取消，冬季风浪大，岛与岛之间联络的螺旋桨飞机已好几天不飞了，我并不急离开，但也如同岛上的渔民一样，天天在码头的小酒馆等待风平浪静好出航。届时我真羡慕他们一出海就有目标可去、有事可做，最起码有鱼可捕。

我在旅行开始之际，曾想象自己是阿耳戈号上的那些少年英雄们，冒险犯难去寻找金羊毛。老实说寻找金羊毛的故事我完全记不得了，想不起来他们为什么非得找到金羊毛不可，可是那一群彼时最优秀俊美高贵的年轻生命，兴致勃勃约好共同要做个什么事（尽管故事外的人看来是没什么了不起的事），对我来说，光这样就已经够了。

平心而论，老年对我最大的吸引力，就是可以不用再处理性欲的问题，我说的不是嫖妓或性伴侣或婚姻制度的问题。

基本上，我觉得人类的盛年、黄金时代，无论如何努力做出种种事功，赚钱的，权力的，乃至做学问做艺术的，无非都是在处理性欲问题中、自知不自知所衍生出的各种周边装置和副产品罢了，就像一只求偶期的公孔雀，在它开始有、和结束生育能力之间的最盛年，穷其心力只专注把自己羽毛打理得如何可比同侪再亮一点美一点，以利于吸引雌孔雀的注目。想想人生不其实就是如此，只是动物们因为笨，所以诚实些，无法像人类一样矫饰出如此庞大的花样，你若坚持称它为文明也可以。

老B羊，你该知道我的性欲问题有多严重，严重到足以把自己的生存意义给问倒，而绝对不是那种如何把自己又积累过多的精液，找个干净安全花费也不太多的B解决掉，这样枝节末尾技术性的事了。

我记得在特洛伊的信中有提到，在废墟中看见一种紫色蒲公英类的花（那简直比任何言语文字的描述能使我活生生地感觉到，绝世容貌的海伦，可能真的在几千年前的一个早晨曾跟我一样站在同一方寸土地上），小时候好像野地里也见过，叫作泥胡菜，没想到这个岛上也有，我收了一些种子，旅程结束要是没搞丢的话，到时候拜托你老婆帮我种种看。

A

这是我所接过阿里萨的信中，唯一以信封信纸写的。我努力认着旅馆用笺上的印刷字，想知道他目前，不，那时，看看日期，三个月前，是在哪个小岛。

奇怪的希腊字乍看就像是写颠倒了的英文，我无法拼出一个可能的发音。……特洛伊的信是寄丢了……

老 B 羊：

　　橄榄树其实没有想象中的美，跟以前学校里那种橄榄树完全不同种类，我们的是红叶嫩绿叶不分季节同长一树，这里的橄榄树大多矮小，叶面黑绿，叶背铝白，树干因树龄大多上百年所以很显老态，整个看就是一棵金属树。

　　有天起得比较早，却在林间公路上堵车，堵者是一大群绵羊，赶羊少年因此慌张得极力驱赶羊群，少年长得跟我在博物馆里看的那些阿波罗像一模一样，但他窘迫羞红的脸使他更像阿波罗爱上却老是不小心害死的美少年们。

　　我打算在柯林斯多住几天，神话故事里识破宙斯的外遇事件，因此被罚在地狱永远扛石头的西西弗斯，就是当时柯林斯的国王。

　　明信片照片里的希腊式柱头是柯林斯式的，最早的是多利克式，斯巴达风的朴实简单，繁复程度介于二者之间的是爱奥尼亚式。其实我早都忘光了。

A


我等到的是不关痛痒的这封。

我变得什么事也不想做，应付完紧张的午餐约会后，一定不交代行踪地在附近一家生意清淡的咖啡座，假装看报纸地发发呆，这里空气清新，因为禁烟，不久我发现，南欧式麦秆白粉墙上有一幅帕布洛·毕加索的复制画，一眼就知道是阿里萨在米克诺斯岛看过的那一幅《堂吉诃德》，黑色的太阳，黑色的秀斗老人……我同时发现自己是在等待特洛伊的那封信。

客户公司尾牙宴回来的晚上，妻告诉我阿里萨电话留话说，他今晚会在我们常去的一家德惠街的 Pub，自然是要我去赴约的意思。

至于我有没有去赴约呢？你猜猜。猜错了算你白读这么久。

第二天，我必须集中精神看完一份 Paper。

——丹尼斯·霍珀也准备拍电视广告了！

我们时代的英雄。

我和阿里萨当初加入视听社就是为了想办法看他的《逍遥骑士》，Easy Rider。

始终等不到他的最后一部电影：《最后一场电影》，因为我们觉得那年冬天在烂戏院里看烂电影想女孩子的百无聊赖，好像书里那群有够无聊的男孩子。

连伍迪·艾伦都拍广告了……

Come back to the basic。

返璞归真。这一季 Jim Beam 的威士忌广告主题——经过不同年代的不同流行，最后，你还是重拾当初最正统、也最隽永的那个选择，正如同 Jim Beam 的 KSB 威士忌。

一九六九，Jim Beam 的平面广告，丹尼斯·霍珀和约翰·休斯顿把手言欢畅饮该酒，文案说：他们之间没有任何代沟，因为两人一老一少不只会拍电影，而且都爱喝 Jim Beam 威士忌。

一九六九，丹尼斯·霍珀刚拍完《逍遥骑士》，意气风发。

一九六九——我应声拿起桌上的电话，陌生的女声热切地喊我："贾先生，好不容易找到你，我是影剧记者×××（什么莉莉），今天清早五点——"

"他自杀了。"

于是，尘埃落定。

"没想到您已经知道了，我们知道您是他的好朋友，能不能发表一点感想，随便谈，您吃惊吗？刚接到消息的时候？"

"我一点都不吃惊，只想知道他是用什么方式？"我诚实地回答和发问。

"真的您一点都不吃惊？听说他的父母都惊吓过度，都在医院。……听说是用枪，所以警方正在查。能不能再说明一下，为什么您会有这样的看法？"

为什么会有这样的看法……

我坐在小小的、生意清淡的、南欧式麦秆白粉墙上挂有毕加索的《堂吉诃德》的小咖啡馆中，翻阅晚报，借以发呆。

这里空气清新，宜于等待，等待窗外的暮色渐渐四合，等待冬天过去，等待我的朋友阿里萨寄自特洛伊的信。

《中国时报》人间副刊

一九九二年二月十八日～三月十一日

# 袋鼠族物语

你或许不免会吃惊，你心爱的女孩，将来，顺利的话，或许并不很久以后，也会成为袋鼠族的一员。

这个故事，是写给非袋鼠族看的，因为袋鼠族大约不会有时间和心力看到。

　　自然，首先应当先介绍一下袋鼠族，我想你一定看过她们，不，不是在澳洲，不是澳洲才独有的那种动物，你一定看过的……若没有，而你又真有兴趣知道，不妨提醒你，其实随时有机会，例如明天早上，稍稍晚过你平日的上班时间，无论你是自己开车、搭计程车或等公交车的人，对，差不多了，但请你把目光从小UNO或MINI奥斯汀的驾车女人移开，她们不怎么算是，不是本文所要讨论的。

　　对了对了，这次你看的目标对了，一辆总是以急刹车方式靠站的公交车来了，请你忍耐一下烟尘别闭上眼睛，看仔细了，不要急，她们此时的出场方式本来就是这样，车门打开半晌下不出半个人，但请你再耐心等四五秒，没错，有时先是一双蹒跚的小胖短腿迟迟疑疑地凌空试探着，不顾身后频频催促的母兽；也有些时候先入眼的，是一双穿着过时平底鞋的女人小腿——其鞋过时的年份或三年或四年，端看其小兽的年纪，然后与其滞顿身材不成比例的好快一个迅雷动作，把身后的小兽连拖带抱地掠下车，以免遭司机嫌恶的脸色……

那么，你就看到她们啦……

太平常了是不是！你有点受骗的感觉，却也在理智上出现了一点点的裂缝，吃惊她们的理当存在、而的确怎么你从来未曾发现！若你还残存一些好奇心和推理能力，相信很快便会归纳出两个原因，第一，你将会诚实地承认，若不经提醒，的确不可能把目光驻留在那样的身影上，无论你是男是女，你可能盯着一个小学五年级女童的身影羡慕她的苗条，你可能被一个粗腰的大学女生吸引眷念她的青春，你会仿佛嗅到成熟得快冒酒味儿的偷窥一个或肥或瘦的前中年期女子，猜想她道貌岸然下如狼似虎年纪的床上生涯……好奇怪地发现自己快要有点变态，你居然就是没看过一眼袋鼠族的母兽，无论她们年纪大小或美丽平凡。

不管你找到结论没有，我们在人类学里可能可以找得到令人安心的解释：在哺乳期抚育幼兽的母兽，当然暂时不是寻求繁衍后代的理想交配对象。

那么，第二个原因，可能与你平日的生活动线有关。

若你是个朝九晚五的上班族，你断无机会与她们照面，因为通常你上班的时候正是她们外出活动的时候，你下班自由时，则是她们必须回洞穴的时间。若你是丁克族、雅痞、单身贵族或自由业者，你更不可能碰到她们，想想，自从你晋身这种身份阶级后，什么时候你去过换季打折拍卖的百货公司、传统市场、社区小公园、麦当劳、肯德基、市立动物园和中正纪念堂（只除了三月"学运"时你曾带了外国朋友去拍摄那些终于你的岛屿也有了的城市涂鸦，并且抗争的对象、议题也与你十分一致）。

　　好了，找到了这两个理由，你也稍退去了微微的愧疚感，虽然她们并非是清楚明显的弱势团体，更未必需要你的同情，但那摇摇晃晃上下公车的身影——她们干吗不坐计程车呢真的是！毕竟都会生活里，那并不算是花不起的开销……

　　你仍然有点好奇心是不是，但答案却往往出乎你意料之外的简单，在半年一年治安急剧恶化之前，深恐碰到什么之狼的司机并没在她们的考虑之内，她们往往宁愿以一趟计程车费，换得小兽可以快乐尖叫地坐十几次电动车（有没有，那种甘仔店或大型超市前都有的，自从你脱离童年期就再也没注意过的），不然或可换取一份各速食店推出的夏日套餐，可在冷气间消磨好久，任小兽玩那番茄酱或可乐里的冰块或套餐所附赠的玩具，暂时不用缠母兽，母兽可发呆或偷偷打量张望陌生的周围其他人，好奇那些无聊情话说不完的年轻男女，年纪差距与她最近却是她最感遥远的一群；也可能她刚刚狠心又帮小兽买了一双 Snoopy 鞋（鞋并不贵，但问题小兽已有四五双了），以为一趟计程车费可以抵销一半鞋价……但请不要误会她们是贫穷、所以必须斤斤计较的一群。

作为人的我们，可能要费一些想象力和耐心才能了解，物质、经济在她们心中的图像，不是"央行"目前的 MlB 货币供给额，不是利率汇率的升降，当然更没有趸售物价指数……你知道吗，甚至她们计价的货币单位跟我们也不一样呢，她们常以一瓶养乐多、一卷 × 姊姊说故事或儿童英语 ABC 或古典音乐入门的录音带、一箱 Pampers 尿布、一盒乐高玩具、一套丽婴房打六五折后的上一季儿童外出服、一打婴儿配方奶粉，代表我们使用的五块钱、一百元、五百元、壹仟元和她先生十分之一的薪水（当然我们也常以一辆德国国民车、一张台北到洛杉矶的来回机票、一张剧院的门票、一张股票、一杯咖啡、一份晚报作为货币单位）。

其实，在并不很久以前，她们亦曾经是一群以一双美丽的进口鞋、东区服饰店买来当季流行时装、一次有设计费的烫发、一家新开咖啡店的午茶、一本 ELLE 杂志为货币计算单位的族群。

这是不是拉近了一点你与她们的距离？使你渐渐想起她们也曾经是人，曾经如同你目前正热烈追求、神秘莫测的女孩，因此你或许不免会吃惊，你心爱的女孩，将来，顺利的话，或许并不很久以后，也会成为袋鼠族的一员。

怎么，你愿意多知道一些关于袋鼠族的事了……那么，在你已经对袋鼠族有了初步的了解后，我可以慢慢开始讲了，袋鼠族物语。

## 从前从前，哦不，并不很久以前，有个袋鼠族

（北方有佳人……）

并不很久以前，有个标准的袋鼠族女子，年纪可能二十七八，小袋鼠三岁，因此倒推回去，母兽通常结婚二至四年，离开学校与育儿间曾不痛不痒工作过几年（那些事业甚有前途，因此选择工作，将幼儿每天或每周托保姆、祖父母的妇女，当然就不列此族类），然后通过种种不可思议的爱情故事，嫁给目前的丈夫。

说起丈夫们，类型就要多得许多了，不过我们大约可以找到一个共通点（男的？自然这一点不算），不管职业种类、所得多少、职位高低，都大约正处在事业的开始，最需要全

力打拼的时候。再加上全家（虽不过三四口）的生计都系于他一人，所以，你也知道了，他们的全部心神、精力、时间，大都以工作为重心，他这样相信，也这样做，如同他身边的所有其他雄性，再自然、理所当然不过了。

我们故事主人翁的一家之主，就是这样的：而立之年，月入暂定四万台币（根据"内政部"一九九〇年发布的调查统计，如此才不致沦为台北市的低收入家庭），体重比婚前重十公斤，久久一次带儿子去台大校园放风筝或遥控汽车，恋羡或嘲笑地看着篮球场上正在斗牛的大学生的球技和冲劲时，才会暗自悲哀自己的髀肉早生。但当晚，他如寻常的每一个日子一样，花两三小时看体育频道的各种运动节目、而不愿花一分钟做二十个伏地挺身。

可是这有什么好奇怪的呢，正值求偶期的非袋鼠族朋友，焉知袋鼠族夫妻的懒怠吸引彼此、相敬如宾、谨守分际，会不会才其实是人生的常态？虽然我们的母袋鼠有时也会暗自疑惑，那个、那个（令人难以启齿的）爱情，发热病似的行径怎么吃了退烧药似的消退得如此之快。

由于她的恋爱期大多与已婚期差不多长短，所以确实难以分辨出何者竟才是人生的常态？她唯变得默然。

说到相敬如宾、默然……什么的，袋鼠族家庭通常是安静的，除了喧天的电视卡通和间或小袋鼠的快乐喊叫或挨揍哭嚎声。

袋鼠丈夫的沉默，是因为（妇女杂志或婚姻专家告诫过母袋鼠很多次的）在办公室一整天下来，有心机无心机地讲了太多重要公事或与同事的闲扯，以致回家像打完一场大仗似的不想再使用嘴巴和语言。

母袋鼠呢，出乎你预料的，通常都善体人意地不烦累丈夫，不莽撞地想找他"谈心"，一方面是接受了前述妇女专栏的告诫，另一方面，不管你相不相信，她在成兽的语言沟通上逐渐丧失能力。因为，三四年来，大多时候一天二十四小时她的会话内容是"宝宝哪，要不要吃ㄋㄟ·ㄋㄟ（音"奶奶"，一声）？""谢小毛，怎么又便便在尿布里呢？""囝囝，都没说爱妈咪。"更不要说她的词业早已大退化到"ㄅㄨㄅㄨ（噗噗）""汪汪""果果""天空蓝蓝"，常常一星期中她说过的大人话是，跟收水费的说："水管是不是有漏，怎么可能那么多钱？"与巷口的超商老板娘说："一共多少钱？"或是"××牌奶粉能不能帮我喊一箱，算批发价？"自然若她去的是超级市场而非传统市场，她注定又少掉了几句与菜贩讨价还价、说大人话的机会。

因此，她变得前所未有的自爱自制，避免用贫乏的言语向丈夫描述贫乏的生活。

所以，万一你有机会在一个公共场合里看见一个袋鼠家族出没其间，一番偷窥之后，不要奇怪雌雄袋鼠互相不交一言，而只各有所思含笑注视着正在胡搞捣乱的小袋鼠，要知道，他们在家里，也是如此地，沉默。

对不起，容我继续这个故事。

## 她没有生活

（遗世而独立……）

怎么可能呢？！怎么可能会有人没有生活？！

也许，你顶多承认生活的确有贫乏、丰富、低潮、高潮之别。

但这个定义的前提是，你是你生活的主体和中心，或许这样讲仍然不清楚，并无法说动你，那么只好让我们再回到故事本身，继续看看母袋鼠通常的行径（容我坚持不用生活二字）。

母袋鼠常常家中不订报，而以总花费同样、或更高的价钱为小袋鼠订一年份的学前教育幼儿杂志。反正丈夫在办公室什么杂志报纸都有，反正时间太少了（小袋鼠一两岁走不稳时，母兽甚至必须带着它一起上厕所，免得几分钟出来已人事全非），而且报禁开放后报纸张数又呈反比的较她往常闲得发慌时多了那样多。所以识字、而且大多受中等以上教育的母袋鼠，虽不看你天天不能不读的报纸，但她读的东西大概你这一辈子也不会读到的，《如何教养内向的孩子》《生完老二之后》《乖宝宝折纸》《台湾的野生植物》《史前怪兽》《0岁教育》《中国成语故事》……还有无数读不完忠告她成为好母亲好妻子的书，时时提醒她的一无是处，使她前所未有地比学生时代还谦虚受教。

也有些母袋鼠会力图振作，鼓起最大力气一跃而参加有关伸张女权的座谈会或讲座，抱着希望以为有人会替她的处境做任何正义公平的发言，结果往往先懊丧于听起来颇言之成理的男女同工同酬。

出于一种难以告人的自私，她宁可还是男性的报酬多些，尽管她以往工作上班时，也蛮认真、不下于男同事；尽管她也曾愤愤不平领薪时候的注定差异，但现在，她更记得那时候每月的薪水是如何花的：年节才须给父母，平日无甚远图，狠起心时，可以用半个月薪水买一套不买绝不会死的衣服，可以用银行仅剩的存款托旅行社工作的朋友在巴黎买一个超级名牌的皮包，然后整个月乖乖上班下班吃爸妈的……

所以，与其给那些她也曾一样当过的女孩子乱花，不如给必须养家活口的男性多些。

于是她略微沮丧地退而求其次，打算暂时先扮好母亲的角色再说。

她带小袋鼠去你绝对没去过、甚至不知道的亲子图书馆或书店，愈去愈慌张，发现小动物的世界竞争已如此激烈，有四五岁的小孩在朗朗念着没有注音符号的读物，有两三个才会说话不久的小孩快要吵起来的在讨论雷龙暴龙虚形龙是草食还是肉食动物，有背小学书包的小男生闹妈妈带他去动物园玩因为这里面的书他全看过了，不知是真是假，但总归听得她简直心惊胆跳，觉得她们母子已被淘汰出局。

有些遂自暴自弃，自我放逐去逛街购物，这往往是她们娱乐的主体，你能想象她们会出没在KTV、舞场、电动玩具店、PUB、钢琴酒吧、咖啡馆及丁克族家的沙龙聚会——这些城市人通常的娱乐场合吗？但也请勿误解她们的购物娱乐，不不不，不是股市崩盘前你在收市后的下午于福华名品店看过的那些出手颇大方的家庭主妇（股市狂飙时期袋鼠族妇女的异常行为另有专文讨论之）。

这样吧，若以一家台北市的大型综合百货公司为例，什么，你好像没见过？那当然，她们不会出现在少淑女装、绅士服那一层，或视野甚佳、咖啡豆和咖啡调制过程也甚专业的临窗咖啡座。你若好奇的话，请选你总跳过的那两层，不消说，儿童用品玩具层，和卫浴、厨房用品那层。

袋鼠族女子基于种种原因，通常只有兴趣打扮孩子和丈夫，也许是婚前快打扮腻了，重新发现一块领域可以理直气壮地开发购买；也或许，虽然好几年了，她还很不习惯接受自己的身体变化，瘦不像以往瘦得皮肤紧绷，胖也不像以往胖得肤肌饱亮，过往种种衣服全都格格不入，太短了，太紧了，太繁复累赘了……

袋鼠族近乎神经质地勤于帮小袋鼠密切配合气温的升降换装，自己的衣橱却好久没换季了，冬天忍耐寒冷地穿秋天的衣服，夏天老要中暑地也穿秋天的衣服，好在丈夫们恰恰也不察呢。长久以来，她已习惯丈夫疏于注意她的打扮，因此也不曾注意她没有打扮。

袋鼠族女子且都看不厌寝具、毛巾、杯盘，买或不买都不减损她观赏的兴致。在你同情地略表不解之余，不妨提醒你，你会惊讶鸟儿衔枝筑巢、蚕儿吐丝结茧的自然现象吗？

袋鼠族女子久久也会发作一次、带着小袋鼠出游一整天，晚过晚饭时间才回来，以致做丈夫的有些担心，暗自正要开始好久不曾有过的自我检讨，却见母子袋鼠筋疲力尽地进门。

母袋鼠的神采有异好令人费解，细心些的丈夫可能会自愿接过小袋鼠帮它洗澡，并侧面打听是去哪里才弄得那么晚，再有耐心一点的丈夫可能可以从小袋鼠破碎的话语拼凑出她们那天游玩的路线图，是他们谈恋爱时常去的地方，是第一次（好吃惊自己居然记得）吻她或几乎不能克制的地方。

还残存有一些些爱情的丈夫，可能会摇头苦笑，自言自语："在想什么，女人真是！"老实承认自己对她们不能了解。

再有一点温柔的丈夫，可能打算等一会儿，小兽入睡后，好好地抱她一抱，端详她一眼。可是这种并非为了前戏的亲密动作、天啊竟叫他有一种生疏害羞。因此他好大方地不吝于陪小兽在浴室玩很久，暂时不出去面对那个眼睛发亮若少女时代、曾令他手足无措的小母兽。

当然，依人类人性的常态比例，大部分丈夫们的反应是，放下报纸，像一个大儿子似的埋怨："怎么会弄到这么晚，害我吃了一包泡面。"

也有不明比例的丈夫，会在一个好天气的假日里，灵光乍现地自愿在家带小兽，放母兽一人出门轻松休息。

母兽们或牵挂或感激快乐地出门，决定好好过一个女孩子时代寻常的生活。但是好奇怪哟，若逛百货公司的话，你永远不会去的那两层像下了降头似的把她立时吸过去。

她或许将近逛完才突然懊恼自己的难得机会，赶快去逛流行服饰，却大大惊讶现下的衣服怎么那么值钱（一件可抵半个月伙食费，或夏天痛痛快快开二十四小时冷气的一个月电费呢！）盘算中，她很自然地到地下室的超市，家中即将用罄的种种生活用品迅速吸引住她全部的购物兴致。

待不堪重荷地离开百货公司，发现购物袋里全是丈夫小孩的东西及生活用品和当晚的伙食，或安慰或苦恼地打算择一家看起来很安静舒适的咖啡馆坐坐、发个呆。

拎着重物经过好几家，却都过门不入。那透光都甚好的大玻璃门窗中的座上人们令她如此面生，衣着、打扮、听不见却滔滔不绝的神态，均与她殊异。

她不愿承受这种落寞，向自己建议，用一杯咖啡钱换计程车回家吧，她不得不承认有些想念小兽，想念它看到新玩具或穿上新衣鞋或看到她时的各种神情。

这一想到小兽，很快就会发展到神经质的地步，会不会丈夫看电视睡着了，小兽万一摸到阳台怎么办？万一摸到厨房去乱按各种开关，或是浴室浴缸旁的那瓶清洗剂，早上洗过马桶忘了收的……

归心似箭的路上，忽然愤愤不解地认为小兽脱离她是多么地不合理不科学。她好想仿效以前家里饲养过的母猫一样，那母猫不放心人类，频频窥伺而把小猫吃下肚去，她好想就那样把小兽吃回肚里，吃回好安全的子宫里。那样的话，可以无牵无挂无忧无惧，什么事都可以做，什么地方都可以去，甚至有没有丈夫什么的都再也无关紧要。

这番并没有任何夸大的简单介绍，应该略取得了你对袋鼠族的进一步了解吧……当然我认为这个共识很重要，不然我们的故事就进行不下去了呀。

## 她没有朋友

（一笑倾人城，再笑倾人国……）

那当然是指现在喽。

袋鼠族原先跟你我一样，有很多（起码有）朋友，随着时间的流逝，朋友们也发生变化，有的和她一样也成了袋鼠族，另外则粗略地可分为单身贵族和丁克族。

后两者（大概目前正是你朋友的主流），很快就会与袋鼠族分散流失。若你感到不解的话，请你回忆一下，好遥远是不是，你曾经有过的袋鼠族朋友：首先，你觉得与她们约会的时间、地点怎么变得如此困难，如前述过的，小孩可以去的地方（速食店、公园等）以及小孩可以活动的时间（晚上八九点之前，那对你们而言，八九点之后夜才开始），你们简直无法配合，于是你们只好邀请他们到家里（袋鼠窝的凌乱忙碌是不宜于做主人宴客的）。

于是，她们就来啦。

你很快地便会感到略微惊讶是不是？怎么在办公室一向

健谈，或曾经可以与你聊一下午的母袋鼠变得哑巴或聋了似的心不在焉，既无暇欣赏你们精心布置的家，也不曾夸赞、品味你们自己做的或从名餐馆叫来的菜肴。你更不解母兽为什么要那样亦步亦趋尾随明明已走得很稳的小兽（告诉你，她唯恐小兽在你们洁净的墙上留下壁画，或打破你们的摆设，或只需一眨眼就把你们的绿色植物全部拔光）。

等你开始发现小兽果然有上述的种种劣迹时，谁叫你们拿不出一副亚克力餐具（不得了，一个日本京都清水寺前买回的冰纹陶碗应声而破），谁叫你半天也找不出一个儿童玩具，以致我的天啊它正在啃玩你们的一个尼泊尔木制图腾，而且一刻不停地追杀你们叫作儿子的小博美狗，你甚至拿不出小兽哭闹半天在讨的养乐多、口香糖或种种垃圾食物（哪怕你们准备了好几种牌子的好葡萄酒）。

你开始必须忍耐一点点的不耐烦，并且奇怪平日非常明理的夫妇为什么如此放纵小孩（若是我的小孩，妈的早给它一顿好揍了！不要不好意思承认，母袋鼠在没有小兽前，在此情况也曾做如是想的）。

很巧的，你当时自觉隐藏甚佳的厌烦、不解，他们也完全感觉得到，而且往往只会比你更甚。所以，你们和他们好合作地暂时不再密切往来，一直到现在，对不对？

至于单身贵族的朋友，较能配合袋鼠族的忍痛出没在一些好没气质情调的家庭式餐厅，吃惊昔日朋友怎么出落得如此落拓不修边幅（袋鼠族也好吃惊、或羡慕对方怎么如此有闲有心力这样精心雕琢自己）；单身女子有时好热心地买了一件小孩衣送小兽（袋鼠族口上说谢谢，却吃惊对方对一两岁与三四岁小孩的身长尺寸差别如此无知）；单身女子如以往一样推心置腹谈目前的感情生活（袋鼠族女子好同情眼前热病中幼稚可怜的女友，以为世上事事艰难，惟情字是最简单可解的）。

有些善体人意的单身女子会努力迎合袋鼠族，热切好奇地询问打听小兽的种种（当然这是袋鼠族女子永远不倦的话题），可是也因此令母袋鼠生出一种对眼前旧日女友的认生寂寥之感，她宁愿对方如以往一般闲聊她们女孩子数十年如一日的话题。有些正处于感情空白期而又真正欣羡袋鼠族的母子之情（那日小兽反常地表现一等一好），不知是真是假地大肆扬言也想仿效某些前进女性的不婚生子，袋鼠族女子一点都不想费力告诉对方现实生活中种种育儿的辛苦，却害羞地极力忍耐住真心想说的话：知不知道，夜晚床上的男女，竟是目前生活最主要的慰藉和滋润……

因此，不用再说明，你也知道，袋鼠族女子也暂时地疏淡了与单身女子的交往，直至今日。

物以类聚，就如同你的朋友大多是单身贵族或丁克族，袋鼠族的朋友们渐也失散淘汰到只剩袋鼠族。

你绝对无法想象那种交往的便利。不消说，她们活动的时间、地点先就完全一致，不管谁到谁家做客，再也不怕带的三条裤子全部尿湿（可向对方家庭的小袋鼠借），再不怕没有幼儿吃食，再不怕打破任何东西（那只小兽上次在你家才打破过呀！），再不怕谁要勉强配合谁的话题。（你想，哪家幼稚园好像不错、哪里可以买到特价的尿布奶粉、或有特殊管道可以买到折扣低的儿童套书及各种教学录像带，以及小袋鼠目前性向发展的种种精微之处，作为非袋鼠族的你，老实说，会有兴趣吗？）

但你也别因此以为可以替她们松口气，袋鼠族家庭与家庭的来往也就仅止于此。往往一次聚首下来，小袋鼠们都表现良好的话，大人可以顺利交换如前述的话题；若小袋鼠有状况（打架、抢玩具，或你无法想象各种形式的兽性大发），往往母兽们各自忙乱一晚上，没有机会做任何的交谈。

袋鼠族家庭的交往，能够建立深厚友谊的，绝大部分是那群时而翻脸时而彼此想念得要死的小袋鼠们。

所以，若是我们将朋友定义解释为：谈心、共享生活、彼此悬念……那么，这里会出现一个令我们吃惊的答案，她们目前唯一的朋友是自己的母亲。

阿妈外婆们通常好无聊（尽管如此，还是不考虑替她们带孩子），尚不知要如何玩起的只得随女儿外孙冶游。所以，若你愿意继续好奇下去的话，你会在一些前述袋鼠族出没的场合里看到这幅寻常、又略嫌怪异的场景：打扮整齐、鲜丽胜过女儿，甚至穿上有跟的鞋子的阿妈外婆、顽皮的小兽、苍白不大说话的母兽。

通常，母兽那时心中正想着的事，与我们的吃惊竟有些不谋而合，她很不习惯母亲过于年轻（虽然老母亲仍如幼时记忆中差不多的勤俭，但是竟舍得一年四季都置新装，她做母兽以来添过的所有新衣大概不敌老母亲一季所买的，虽然老母亲也常将胡乱买来不合身的新衣送她），也不习惯老母亲过于年老（老到像与她的小兽心智年龄相仿的老小孩，尤其见她喋喋不休认真详述与老父日常生活中的那些幼稚争斗、口角时）。

但肯定会让我们觉得不可思议的，她在测谎机下吐露的真实心声，她好吃惊好羞愧地必须更正"养儿方知父母恩"这句智慧古语，不对不对，她怎么也想不起幼年期老母亲对她所费的心力会超过她目前对待小兽的，根本就不曾！用大白话来形容的话，就是，养儿，方知父母当初是多么地任她们自生自长（自灭）。

当然她不安地赶快努力找出两个原因，也许她幼时父母正忙于家计，毕竟那是个普遍贫穷的年代。也许，她们兄弟姊妹多了些，不若小兽现在能集所有宠幸在一身。

因此她其实变得更孤寂。

爱打扮、想重新过活的老母亲成了青春期女伴的叽叽喳喳，陌生之外，叫她无言以对，因为所关心的事物太不相同了。她也无力去扮演婚姻咨询专家以排解老父老母的长期争战，因为她也好痛恨困乏于老年男子的昏庸与脱离现实。

似这般交友的形式和内容，你能在你的数百种朋友（甚至敌人）关系中找到吗？

所以，如果你不坚持的话，我们就这么承认吧，袋鼠族女子，是没有朋友的。


## 于是，她想死

（宁不知倾国与倾城……）


若是把动过一次想死的念头，当成精神上已死过一次，那么，袋鼠族女子大都有过一次或数次死亡的纪录。

的确，在这个没有战乱、没有贫穷、没有悲欢离合的年代，甚至没有任何人发生任何事，甚至，她的丈夫很反常地还十分依恋她如昔……

我知道你难以相信，但这个谜样的关键确实难以解释，我只得请求你的配合，请你做一下好久没做的事，假想自己装上了一对翅膀，飞翔起来溯你的回忆而上，穿过城市，穿过第一次的恋爱，穿过高中联考的炎热夏日，穿过女孩子的初经、男孩子第一次梦遗的夜晚，穿过欢闹不读书的小学……

也许五六岁、也许三四岁，总之你们兄妹数人的年纪正分布于其中。好奇怪有次母亲带你们在野外玩了好久都不催你们该回家了，那日母亲好反常是不是，没察觉你们轮番前去告状，因此也没发出任何责骂声，她异于平常的温和模样让你们觉得先是侥幸后是略为害怕不安。

后来都黄昏了也还不走呢，不回家做晚饭！那时天边的农家已亮起了微弱但好温暖的灯光，那虽然是夏天，野地里的风却变得好冷喔，你们竟然不想玩了，怯怯地推派大哥去拉拉母亲的衣角，提醒她好回家了，母亲恍若未闻地看着远方残存的霞光、或心不在焉地一一望过你们的脸，令你们其中最胆小敏感的一个孩子恐惧得哭起来。

当然，最后还是回家了。

母亲如常地做饭、理家事、照顾你们，如常地又开始有力地责骂你们，你们才不明所以地一起暗暗松了口气。

至于父亲的反应……你跟我一样，好像怎么都想不起来了似的，大概是跟平常完全一样的缘故吧……

那一次，没错，你的母亲已经死过一回。

若你够细心，或记忆力够好，你还可慢慢想起一些形式或者不一的母亲动了想死念头时的情景。

　　请不用觉得愧疚，二三十年后才发现母亲曾经死过，要知道，作为袋鼠族女子最亲密伴侣的大多数袋鼠族的丈夫们，他们一辈子或白首偕老、或有袋鼠族女子在真的付诸行动的自杀事件发生之后，他们都仍然不知这个朝夕共处的傻女人，为什么会想死，当然更不知道之前她们曾经死过好几次了。

## 她，就死了

　　（佳人难再得……）

　　不是吗？社会版上看到过太多次袋鼠族丈夫们这样说："我不明白我平常很顾家，做牛做马就是为了她和孩子……"

　　"我们根本没有吵架，起码在她……死……的那前几天连个斗嘴都没有，我平常应酬当然是有一点，男人工作都不能免的，可是假日周末我绝对都留给她和孩子……"

　　"我对她这么好，为什么会这么狠心，连小毛都一起带去，我完全想不出为什么！"

　　"没有第三者没有外遇，你可以问我岳母，连我们偶尔吵架我岳母都站在我这边。我不相信，我这辈子跟人无冤无仇，简直想不出谁要杀她们，她绝对不是自杀！"

那个数年前带着三岁儿子在六张犁公墓浇汽油自焚的女子，死时还又似反悔地以身体护遮其儿子……

那些（有太多次）带过子女在儿童乐园玩过，而后圆山桥上伫立良久，最后一跃跳下基隆河的母子母女们……

那些自南到北，一年总会发生好几次的，母亲帮小孩穿上最好的外出服，而后一起躺在床上睡觉觉开瓦斯的……

那个掐死了半岁大的儿子，而后自己吓得躲在床底直至次日才被人发现的十八岁小母亲（一九九〇年七月四日版《联合报》）……

她们的丈夫、亲友都哭号着说完全看不出她有任何寻短的迹象，怎么可能是自杀，一致同声请求警方往他杀的方向侦查。

但是，

没错！

都是她们干的！

袋鼠族女子！

而且，还在继续中……

《中时晚报·时代副刊》

一九九〇年八月二十六日

# 春风蝴蝶之事

最后一个离开共和国的（不管你是谁），请不要忘了关灯，并忘记它的黑暗。

亲爱的朋友，请你先不要猜测我的性别，是男男？或女男？女女？或是男女？

　　我并非害怕承担责任，承担稍一不慎所可能引发的四性大战的后果，我只是希望你先不要因为猜测并自以为肯定了我的性别，而对我的叙述有若何预设立场，以致错失掉一次□□□的机会（这个虚位以待的字眼，可任由读完全文的人各自填写，字数当然也可增减）。

　　那么，请容许我暂时把自己隐身在这四种性别之中，男男，女男，女女，男女。

　　是的，我妄想把"同性恋"这三个字，做一番松动、解构、颠覆、甚至是除魅的工作。

　　时至今日，不分畛域，在各个社会最保守、堪称容忍底线的那一阶层的人或观念里，同性恋固然大多时候仍是个脏字眼儿，但是在更多、更显而易见的领域中——你所能立即想到的艺术圈、文化圈、戏剧舞蹈表演工作、建筑、设计，它更仿佛是个象征高贵与智慧的桂冠，高高戴在他们的头上，注意，是"他们"，男男和女男们，而从来不是"她们"，不管你怎么称呼，Lesbian, Tomboy……所以，你猜对了，我打算把那顶桂冠从他们头上抢下来！

我承认，这是一件艰巨的工作。

当然首先，可能必须从他们动辄喜爱援引的柏拉图时代谈起。

我们从彼时精英分子的谈话中，可清楚知道他们对男人与男人和男人与女人之关系的大致看法，例如有人（阿里斯托芬）说，人本来有三种：男性、女性、男女性，皆力大心雄，欲与天诤，主神宙斯为了兼顾处罚和不欲使其灭绝，乃将人一剖为二，人既剖后，此半急求他半，及其既得，则不愿再离。

此中，由男女性剖成的乃成异性恋者，纵欲无度；由女性分裂而成的女子，多女友，视男子则漠然；由男性分裂而成的男子，则多男友，爱护之不遗余力。

也有人（苏格拉底之友人波撒尼）直言爱情有两种：高尚和庸俗。

庸俗的爱，重肉体轻灵魂，但求达其欲望，取径之高尚与否，皆所不计，鲁莽灭裂，奴于风俗之爱，至愚者所为。庸俗的爱神，年事较幼，由男女结合而生。高尚之爱神则不然，由男性所生，女性无与，此其所爱，仅及少年……

一言蔽之，希腊之爱，仅存于男子与男子之际，女子不与焉。

大体来说，我是赞成的。——女权主义者请少安勿躁。

我以为，彼时去蒙昧未远，避孕技术不仅不发达，繁衍后代还是一般人们重要而强烈的生存本能，尽管异性恋其中迭有伟大的爱情故事流传，但到底婚姻生涯中感情和繁殖后代所分占的比例实在难以区分，这个事实委实令人（阿里斯托芬、波撒尼……）难堪，相形之下，不存任何目的的男性之间的感情，在这些伟大智慧的心灵看来，要显得纯净、理性、持久，对，高尚得多了。

他们除了追求、颂扬此种情感，并自矜自爱地小心护持，他们认为此种男子相悦之风应该致力于道德之修养，务求与修德问业之事合而为一；他们对待彼此执礼甚恭，事之惟谨，以为非此不足以增进其智德，其事友之诚，不能视之为人佞；他们以礼自持，不敢逾越，取和给予之际，各得其道；此种无所为而为的爱情，虽受诈虞，不足为耻。

他们且世故成熟地勤加检讨所身属的雅典城邦以及他国对此种感情的差异优劣；他们甚至有些理性过度地对爱悦之对象有所规定，他们认为受其爱悦感化者，于男子中为智勇兼全之士，爱慕无似，此中关系，高尚纯洁，人能辨之。彼所爱者，非爱其为童子，乃感其才智之渐臻发达，故爱护之，终其身如一日，不以其弱小而侮之。

他们同时坚持，禁爱幼童，甚至主张应立法禁止，理由是幼童将来为善为恶不可预卜，不幸为恶，则一腔热血，付之东流，不太可惜？！

他们是如此无欲无求、不求回报地对待对方，而以诸神都绝对差之远矣的圣人行径来苛求自己，那么他们若把此种爱情的位阶标高于异性恋和寻常的婚姻制度之上，或甚至鄙薄之为粗俗的、只爱肉体、不爱灵魂、见异思迁、色衰爱弛的庸俗情感，我也没有意见，真的，因为我也确实赞同，异性恋，从古到今，有一半以上的时间其实是花在处理性欲、性行为上，所谓的处理，自然包括抗拒、排遣以及享受、放纵。——异性恋者，也请少安勿躁，容我稍后再陈述我的理由。

然而，是后来受基督教贬抑、禁止同性恋的缘故吗？他们仿佛被神逐出伊甸园的一群，更仿佛那引诱女人向神抗命而遭咒诅的蛇一样——你既做了这事，就必受咒诅，比一切的野兽更甚，你必用肚子行走，终身吃土，我又要叫你和女人彼此为仇，你的后裔和女人的后裔也彼此为仇，女人的后裔要伤你的头，你要伤她的脚跟——

于是他们终身吃土，以腹行走，遁入地底深处，于今千有余年。

他们接受黑暗，也接受了黑暗处最易滋生的一切。

在这段无法见天日的生涯，他们是如何从圣徒式的生活哲学、到世间最懂得享受肉体欢愉至癫狂的一群，应该不难理解，八四年死于艾滋病的福柯（Michel Foucault）告诉过我们，中世纪以来，异性恋的经验主要由两个部分所组成，一是男人女人间的求偶，另一则是性行为本身。

福柯认为，自从基督教剥夺了同性恋的表现工具，因而同性恋只得将他的全副精力放在性行为本身上面。

我更觉得，他们，仿佛酒神狄奥尼索斯，被宙斯从那高高的天庭掷下，英国诗人弥尔顿的短诗如此描述过：

> 被盛怒的宙斯扔下，
>
> 飘逸过晶莹透明的城垛，
>
> 他从清晨跌到中午，
>
> 又由中午跌到露湿的黄昏，
>
> 在一个夏季的日子里，
>
> 伴着落日，像流星般，
>
> 跌到爱琴海的雷姆诺斯岛。

（我记错了没？是酒神？还是因丑陋跛脚遭嫌弃的火神？）

你不坚持的话，我想盗用尼采研究希腊悲剧、所指陈的两种精神中的酒神精神（Dionysian），来形容他们。

　　酒神精神，以摧毁生存时常遭遇的囿束与限制、而追求生存的价值。抱持此种态度的人，总试图在最珍贵的时刻，从五官所加诸的囿限之中解脱出来，以迈进另一个经验层次，无论在个人经验或仪式活动，酒神精神总是想要将之推挤到某种过度的状态。

　　尼采认为，酒醉是此种情绪状态的最恰当类比，因此他格外珍视情感在此种狂乱时所发出的火光。当然也有人认为音乐或他种艺术活动也可堪匹拟；更有人（北美洲的印地安人）身体力行地取食毒性的大花曼陀罗或某种仙人掌果实，以寻求冲破现实处境的幻觉世界。

　　我则认为，同性恋、酒神后裔的交欢状态才是最恰当的类比，因为我的一名同性恋朋友在描述他与男伴交接的激狂神驰，完全与尼采指陈的酒神精神一致，甚至只会犹有过之。

　　当然，必须厘清的是，酒神文化中的两项主要特质：狂放精神和繁生崇拜，后者的功能自始就被同性恋者去势，前者遂得以加倍地、极化地发展，所以，我们还会吃惊于这些酒神的后裔为渴求狂烈的生活经验、时时想冲破日常的感官囿限所做的种种令我们瞠目结舌的行止吗？（当然此中以寻求最直接的肉体交欢为最多也最容易，但也有为数不少的人致力于精神上的繁衍后代，创作出各种形式的艺术作品及表现）。

持平地说，作为同样是人类一分子的我们，有时确实不得不感激他们做了我们不敢做的（不顾后果地勇于冲撞人类积几千年堪称已开发殆尽的疆界），尽管那往往与死亡或败德仅一线之隔，尽管他们所开发的领域，常令我们之中的大多数人所不忍逼视或视如敝屣。

但是在此同时，他们可能也必须对此付出代价——当然不是艾滋病，英国诗人威廉·布莱克（William Blake）说过"过度，乃是获得智慧的途径"，他们对自己的种种过度作为（最常以肉体欲望的追逐放纵被人所辨识），实难辞其咎。

当然，酒神的后裔也有多种形态，正如同为数最多的异性恋者中也兼具各式人种。此中我较不感兴趣的是环境造成的那种（如单性学校、监狱、军队）；我也不好奇纯粹耽美于肉体冒险、如我的一位双性恋朋友告诉我，他的妻子无法给他的极度快感；我甚至不想跟老爱炫耀他们的族群是如何超凡出众的此中佼佼者争辩，确实，他们或多或少都有些水仙花情结，以致在异性恋关系中男性所无法享受到的被追逐被取悦乃至被骑，转而在同性恋关系中可以充分享有。

这么说吧，你能想象一个习惯在聚光灯下（人生或真正的舞台）顾影自怜、爱恋自己，像只正条理羽毛中的天鹅的明星或舞者，会在现实生活中肯于轻易放下身段、主客易位地展开种种手段去追求女性吗？不，他仍然只能够被欣赏、被追逐、被具攻击性求偶的雄性所追逐（千年神话已告诉我们，痴情若爱柯女神都无法追到他），这或可说明，一九九一年十二月一日世界卫生组织发起的"艾滋日"当天，美国共有近四千个艺术组织在当天举行"没有艺术的一天"。

我对那稀有的、凋零殆尽的柏拉图后裔感到好奇。

他们仿佛像是最好时代的圣徒的生活，自矜自持，无法同流合污，他们可以严苛地与自己争辩数十年（愿不愿意承认自己的性向？能不能接受承认性向之后再也不同的生活？……）却不愿一夕对自己的肉体放松，他可能身处纽约一家天主教堂改装成的 Diss，小小的一间像蒸汽房似的屋子，目睹二三十人挤着集体性交，心灵却寂寞空白若那从未被人迹践踏过的南极冰雪。

他们这样的人，尽管已濒临灭绝，人群中却并不难辨认，屈原既放，行吟泽畔，颜色憔悴，形容枯槁。不管他们身处何处（Esquire 杂志披露的男色特区 The Spike、Helfire Club、Plato's Retreat……），他们都只仿佛汨罗江边披发行吟的屈原。

但是我并不希望你因此误会，我有意把精神恋爱标高于一切恋爱的形态之上，与其说我们这些无法脱离肉体恋爱的羡慕他们不为肉身所役，不如说，我更珍惜他们通体澄明的自爱自重，同样作为异于其他动物的"人"这种动物，他们大概是唯一尚在尽力维持并发展这种差异的族群，所以无论把他们放在哪一个领域（更不用说异性恋或同性恋），都是值得珍惜尊重的。

相形之下，截至目前为数最多的异性恋者，仿佛是一群从未进化的野蛮人，健康、盲动、天真烂漫、愚蠢地依本能尽职地繁衍子孙，当然因此也享有附加价值的肉体娱乐。他们所发生的各种可歌可泣或可怜可笑的爱情故事及其产品（不是小孩，我指的是文学、诗歌、美术等艺术作品），本质上，与最后一次冰河期前，一名原始人扛着一只草食猎物，喜滋滋地回洞向女原始人求欢交配并无不同。

——我快泄露了我的身份了？！那么，让我尽可能持平地也给异性恋者一个身份吧——

日神的后裔，我但愿这个譬喻不至于勉强。

相对于酒神，尼采指陈希腊悲剧的另一主要典型：日神式的（Apollonian）。

日神的后裔，永远无法想象酒神子民的那些狂乱经验到底是怎么回事，少数有机会触及的，也会想办法把那类令人不安的经验、从思想言行之中排除掉，乖乖地回到他们所熟悉的领域之内，谨慎得不偏不倚，既无欲望也无好奇去一探人类心灵或肉体的边际。

他们无法容让自己陷入迷乱失控的状态，尼采说，甚至在狂喜中，他们都依然故我，维持着他公民的身份。

没错，公民的身份，他们发明了令酒神后裔既羡慕又嫉妒且嘲笑的婚姻制度，并因此得以合法地、公然地取得可以使用对方生殖器官的权利，从而享乐之、被保障之、背负之、咒诅之、逃跑之、财富重分配之（在某些文化传统中，婚姻是传袭财产的重要方式）……

说来可怕，尽管这些为数庞大的日神后裔是如此地天真无邪，而几千年来，我们却将绝大部分的共和国的建构重任交由他们设计掌管并执行，其中若有任何违隔，轻者被哂为堂吉诃德，重则整个社会全面戒备、如临大敌，需要提醒吗？几世纪以来，两性关系中长居弱势的女人不就不断地被如此教导："你，什么都不是，你只是你的性罢了！"

女人之后，接着是少数民族、残障、青少年……我们所熟知的各种弱势族群，难以共容于健康明朗、阳光普照下的日神共和国。

至此，我们还会奇怪日神后裔的三不五时想处置一下酒神的后裔吗？

百年来，共和国先推派精神医学来介入、控制同性恋，起先想把他们关起来，接下去又想治疗他们，他们有时被宣称为荒淫之徒，有时被视为素行不良，更常被当作疯子或性变态。

他们所因此遭到来自共和国的诸如歧视、断绝亲属关系、送入精神病院、电击治疗、监禁、隔离……我以为并非因为他们与共和国的社会道德规范是如此明显地格格不入，以致触怒违犯日神后裔，而是这些日神族的，实在只是出于不自觉的本能反应（为维护、延续人类繁衍后代）所做的种种急乱荒唐的处置罢了。

对此，我对日神后裔也多有同情，正如同我们感谢珍惜酒神后裔为我们开疆辟土，我们是不是也该出于礼貌地表示感激一下异性恋者之前、之后所为我们做的繁衍后代的重任？并容忍他们随之所衍生的自卫过当的举措。

大概我无法同情的是纯纯粹粹追逐肉体享受的双性恋者，他们通常不是性别倒错、变性欲者，脑前叶也完全与异性恋者无异，自然也并没有无法对女人发生感情和肉体欲望的问题。他们有选择的机会和自由，但通常在有女情人或女妻子的情况下，仍不舍、甚至选择了男人（并非像前者是出于被迫的）。

对这个问题，我听过最多的答案是：男人与男人做爱的激狂顶点，远不是男人与女人所达到的高潮可比——这多么令日神后裔不解和艳羡和无法置信。

但是，我是相信的。

　　我相信去除掉感情的因素，男人与男人的高潮绝对胜过男人与女人的——别又揣测我的身份，实在是因为这在逻辑上，是说得通的。

　　首先，我们不能不承认，两性在先天上确实存在着极大的差异。

　　一名健康正常的男性，一生中所能出产的精子，若只只中的，可以制造出无数倍地球的人口数；而一名女人，一生至多只能生产四百个卵子。在产量相差如此悬殊的情况下，男人遂有到处撒种的本能冲动，因此他在性活动上的表现是主动的、具攻击性的。

　　女人呢？她的机会就明显地少多了。她必须为数目有限的卵子精选好品种，在没有避孕技术可言的人类长期演化历史中，她深知性行为的结果是孩子（尽管为数甚众的原始人并不清楚了解男女交合那一刻所发生的微妙生殖细节，而归诸如做梦、风、河里洗澡，及其他种种象征物或大自然现象），她必须怀孕九个月，她必须时刻不离地抚育幼儿至少数年，在这一长段时间里，她几乎丧失掉自谋生存的机会与时间，而必须完全指望和仰赖给她种子的那个主人。

　　出于如此现实问题的考量，她必须仔细小心地比较、挑选较可能给她保障和安全的性伴侣（这也是我之所以坚持人类的进化其实大部分是取决、操控于女人的原因，因为"人类品种"的挑选和决定的关键，并不在随意四处撒种的男人，而是在精挑细选的女人），因此她们的性活动趋向保守、谨慎、瞻前顾后。

她们仿佛是化学元素中的惰性元素。相较之下，男人就是活泼不安定的活性元素。

若我们把人与人之交合比作化学实验，不就很清楚了吗？常识告诉我们，惰性与惰性几乎不会起任何化学反应，活性与惰性的化学变化也可以想象，那么活性与活性呢？剧烈、迅速，不需任何催化剂，充满危险性，并释放出大量的光和热——例如硝酸甘油。

我的一名独身双性恋男友曾经告诉我，他与再淫荡的女人的疯狂，都无法百分之一及得上他与他的男情人，他们的第一次化学实验，方圆百里尽成废墟。

让我们尽可能摆脱日神共和国的道德规范来做个结论，精神恋爱者（异性、同性恋）仿佛是行过战场废墟的圣徒僧侣们；异性恋者则仿佛动物界脊索动物门哺乳纲灵长目的人科人种；酒神后裔仿佛狄奥尼索斯及其身旁那群半人半羊的潘恩；双性恋者，便是那连半截人身也不存在了的兽（发誓此用词确实不带任何价值观）。

然而我们是否遗漏了另一个至为隐秘，以致我们差点真正忘了的族群?

她们是化学元素里的惰元素与惰元素,不生变化,不发火光,不见诡异的颜色,我不晓得该如何称呼她们,她们至为甜美,如同明迷清凉的阳光下的春风蝴蝶。

我不得不再提及福柯的一段非常诗意动人的言词,说的是他所身属的酒神后裔。他说,对同性恋者而言,爱情最美好的时刻是,当你的爱人走出计程车时;当性行为已经结束,那个男孩已经离开,你开始梦想着他的体温,他的声调,他的微笑。在同性恋关系中,最重要的是回忆,而非期待。

我以为随意一名春风蝴蝶女子愿意说出仅仅属于她们情感的话语,将绝对不逊于大师之言,无论实质内容或其动人诗意。

为什么我会如此肯定呢?

首先,我以为有必要向你介绍或提醒一种至难描述的感情(我选择用这个比较不带价值色彩的字眼儿,而舍弃不用多解的、歧义的爱情二字),一种纯纯粹粹的感情,因此不涉及肉体、不涉及肉体所带来的种种欢愉,及其衍生的各种痛苦煎熬(还需要我举例吗?如占有、嫉妒、饥渴、怨毒……)。

先别急着否定说你对此从无经验,甚至也因此不相信世上会有这种感情,总之不管你是男是女或其他,我请你认真地回忆,也许并不很容易,遥远的青春期、尚未有第二性征及其带来的种种心理上生理上的奇怪感觉之前……

有了，那个小小甜蜜的情人远远站在时间大河的那一岸是不是？在未搬家之前，你们互相爱恋了好几个觉得好长好长的暑假和冬天，你们全心地对待彼此，从来没想过回报，因为并没有"占有"与否的问题；你们的感情表达再简单不过，各种闹乱的童年游戏中、隔着重重人影不为人知地相视一笑，其深深撼人心魂深处远胜过成人后的大量语言与交换体液；你们甚至夜夜都睡得好安稳，并非因为第二天、天天反正一定见得到彼此，实在是身体无法有欲求渴望；她搬家离开的那一刻你也没伤心没掉泪，因为不知道形体不能再在一起代表什么意思。

我说的就是那种感情，纵使仍然有占有、嫉妒、愤怒，也大不同于成人以后、根植于肉体所发出的毒占有、毒嫉妒、毒愤怒，没错，只要有感情，源自肉体的感情，就像是中毒、着魔，长了癌肿，是的，即便健康明朗的日神恋爱较之童稚之爱，竟显得如同重病之人。

成人以后，再也没有了……

你怀念吗？

你向往吗？

（多像什么产品的广告词……）

春风蝴蝶女子，她们的感情正就是如此。

惰性元素与惰性元素，她们对性爱活动并不热衷追逐，专业的性医学研究统计——出乎外界略带恶意的揣测预料之外——她们甚少使用电动棒或彼此手淫，她们之中扮演Tomboys极端者也罕有Penis envy，她们甚至少有不愉快的异性经验，异于我们所认定的她们一定是没有男性追求或失恋、离婚、性冷感、被遗弃……

你说我又祭起精神恋爱的大纛？！你说我根本就是个藏头露尾的女性主义者或女同性恋？！

关于前一个问题，我以为就算是酒神后裔中的柏拉图门徒，和春风蝴蝶女子也有极大的不同，前者固然基于种种原因（洁癖、鄙视、自爱、理性……），似神职人员或僧侣般的禁欲和拒绝肉体，但这并不表示其精神上也可随同肉体一样成功地做到无欲无求，相反地，肉体上的弃绝，往往必须加倍地在精神上得到补足，你可以想象的，一名只想要神交的柏拉图男子最常碰到的待遇就是：要求肉体不遂的伴侣不断地离去（连同形体和精神）。

不要苛责他们，在今天，就算在为数众多的日神共和国中，又能找到几个只肯谈精神恋爱的人呢？

所以，你还会奇怪他们为何颜色憔悴、形容枯槁、宛若披发行吟的屈原吗？

我的柏拉图朋友告诉我：习惯做一座孤岛，习惯于在那像给蛀空的房子，大晴天看飞鸟的影子滑过，习惯于把自己的心捣得不能再碎烂，习惯于那惯性的癫狂，我还有什么不能习惯的……

这怎么会相同于充分享受精神慰藉、彼此相濡以沫、并不被肉身所役的春风蝴蝶女子呢？尽管她们得到的待遇不尽公允，比如我们很容易听到平常人的轻率发言："同性恋，一想到两个大男人抱在一起好恶心！两个女的还可以忍受。"

但是在为数众多的文学或艺术作品中（无论是不是同性恋作品），女体固然常是被描述的对象，但也仅只等同于像其他美丽事物或等而下之的消费商品一般，从来无法像男体似的被作者倾尽全力地描述处理，实在对他们而言，女人，无论身材好坏容貌妍丑，只是，只是一堆脂肪罢了，黑暗时期的某神学家不是就既吃惊又自认堪称公允地宣称："女人是有灵魂的！"

你说，不管我是不是个女性主义者、或因此可能触怒我，你必须提一些反证。

你认为女同性恋哪有如此的精神和如此甜美？！我当然知道你要提起不久前以汽油活活烧死她的爱人的某大学心理系讲师，其实我还可以帮你补充：闻名国际的女桥牌手魏重庆夫人及其女伴的大闹公堂，更不用说网坛两代球后金恩夫人和娜拉蒂诺娃各自的爱情悲剧了。

并非遁词，我必须说明，她们也如同共和国或酒神界一样，各式人种皆有，但是，同一个事例从相反一面来看，不是也足够让我们好奇：未涉、或低程度依靠肉体所产生的感情，可以如此地浓烈、持久、无可磨损、甚至暗中不断长大，不是也可以说明很多事情吗？

根据你我得自媒体报导的了解，该名心理系讲师追求她的女伴为时十数年，不仅无视女伴的结婚、生产，甚至为求能增加自己的竞争力，远去欧洲花数年取得学位，好辛苦可怜地服膺女伴丈夫所属雄性世界的生存竞争规则。

我承认，其实除了羡慕之外，我对女同性恋者的确一无所知，到底她们是怎么开始的？为什么变成？为什么中止？为什么可以中止？为什么还会再发？潜伏期空窗期长短到底如何？……

老实说，她们是如此地精神（可以分别数十年而感情炽烈未有磨损，如钻石，如宝特瓶），如此地恬静不张扬（以致共和国往往因为未察她们的存在而没做任何处置），如此地难以捕捉到令人、令人发狂的地步。

我的妻——终于，我透露了我的身份——我们一直都是幸福快乐的日神共和国的好公民，因此我鄙视两三个在成功岭、在男生宿舍引诱骚扰过我的酒神子民，我且从来不知道女同性恋，以为那不过是女校时代女孩子们借以打发无聊生活、自以为是所捏造出来的。

所以我怎么可能有暇去妄想男性与男性的交接？！我热病不退似的爱恋着我的妻子，从我们婚前、婚后，到她为人母，我甚至非常着迷于她体重略增、腰身不再紧俏的妈妈妻子模样，觉得她温婉如玉、如文艺复兴时代所塑的希腊女神像。

结婚十几年，我老觉得还没看够她，仍然兴致不减地有空就把她褪去衣服，灯下痴痴地审视清楚，请不要误会我有什么狂什么癖、或把作为女性的妻子当作玩物，事实上，她也以非常热烈的爱娇回应我。所以我怎么会相信男子与男子的交合会胜过我们的（尽管前面我说过，若去除感情的因素，我相信男人交合的高潮绝对超过男人与女人的，但请注意，前提是，必须去除感情的因素。）

——我不该发现那两封信的……

你猜到了吗？

我还是要讲给你听。

她在念大学、认识我之前，有很多好朋友，其中 A 是她最常提到的，话题无非是 A 的感情生活有多丰富（在我们男孩子看就是私生活很滥的意思）、成天换男朋友之类的。

妻常常不带评价地这样叙述，当然还包括 A 是如何有才气，是该系系花、学校重要社团的负责人，以及甚早就参加校外的很多活动……妻是典型的乖乖女学生，说起 A 的种种行径，却也没有羡慕和向往的意思。

我始终都没见过 A。

结婚时，A 的贺卡夹在众多贺卡中也不醒目，她那时好像在纽约念书，寻常祝福的话之外，只说她目前与某某男子（我也不认识的）同居。

随后的几年，A 并不是稳定与妻保持通信的朋友之一，她每隔两三年、或圣诞节、或妻的生日才会出现一下，贺卡无法多写什么，写了也语多平常，只一次让我轻笑一声，她说目前一个人吃饭、一个人出入。

那个冬天的周末夜晚，我和妻嬉戏到半夜，事后我疲倦地很快沉沉睡去。

醒来时，天已亮了，身边不见妻，她伏在不远的桌上睡着了，桌灯开着，她随意披一件我的外套，不掩里面赤裸美丽的肉体，及其散发出来的我的烟味和体味。

是桌上的圣诞卡及她所写的回信，阻止了我想再闹她。

圣诞卡是 A 写来的，几天前寄来时我就看过的，现在却忽然一字一字迸跳出来……感情生活阅人多矣的 A 这样说，写信的前一晚，她刚看过百老汇的某某歌剧，返家途中，车过布鲁克林大桥，看着整个城市的灯火夜景，想到某某首音乐，想到以前——其实，就仅仅如此。

我的心脏却不知为何跳成这样，我偷偷（因为从没如此

做过）抽出妻未封口的回信，寥寥不过两三行，我所熟悉的
妻的笔迹这样写道：

> 十几年来，我经过恋爱、为人妻、为人母，人生
> 里什么样形态的感情我都经历过了，唯觉当初一段与
> 你的感情，是无与伦比的。
>
> ……
> 毕竟，我失败了。
> 我承认，我没有摘成任何人的桂冠，我甚至也失去了当
> 初想为她们——春风蝴蝶女子——加冕的勇气。
> 我再没有任何话可说了……
> 所以，最后一个离开共和国的（不管你是谁），请不要
> 忘了关灯，并忘记它的黑暗。

《中国时报》人间副刊

一九九二年四月十六日～十七日

# 代后记　好的作品一直在穿越绝境

阿城

朱天心和材俊兄（唐诺）都是我非常尊敬的作家。我尊敬他们的首先是人格，第二个是由这个人格支撑和整理下的文格。

文章是有格的，我认识他们几十年了，这个格一直在往上走。我出生在大陆，那时候阅读资源非常少，所以造成了我在思维上有一些空白区。我非常喜欢看材俊兄的文章，因为他可以填补我很多思维的空白区。如果能填补这个空白区，人的思维组合就会变得几何级数的走，而不是算术级数的。

台湾的八十年代其实我也是不了解的，但看到天心他们的文字，不像美国那么隔阂，而是觉得是自己的兄弟后来去了另一个省，说着另外一种方言，表达的有些东西不是完全摸不着底。我自己读天心作品的时候，我自认为还是能够掌握到百分之七十。

多年前，天心有部小说《想我眷村的兄弟们》，近作《三十三年梦》跟那个有一个对比，比那个视野开得更大。我们读《想我眷村的兄弟们》的时候，感觉是好像有一个人说"你们班的谁谁谁"，我跟你一个班不知道你说什么，但是大致的情绪能够了解的话，视角打开了之后，更多的读者可以方便进入她的作品。

另外，天心和材俊的书写，我前面说是一个人格的东西，现在不太讲人格了，也不太讲文格了。对我来说，什么是这两样东西？也就是：不绕。碰到一个问题不绕。这个我也是听长辈讲的。我在最开始涉及文字创作的时候，听到他们在谈一个概念，这个东西绕啊。

打个比喻，当小说主人公碰到不可解矛盾的时候，让另一方被车撞死，矛盾就解决了。这样的呢，叫"车祸创作"，它绕过去了。所有好的创作，不管篇幅长短，当你碰到一个问题的时候，你要怎么样？穿过去。我们在他的写作当中听到这种"嘎嘎嘎嘎"的声音。看一个电影也是，绕开的时候，我们觉得这算怎么回事呢？

我尊重天心和材俊的东西就是，他们在这个上面，人格也不绕，很严厉的，文格上也不绕。我不太重视说，这个人的语言华丽等等，那个都再说吧。关键一点就是——绕不绕。所以我特别推荐，如果我们想读一点不绕的东西，能够使我们的一些思维盲区得到补充，得到启发，大概在台湾来说就是天心和材俊了。

人在每个时代所碰到相同的问题是什么？就是绝境。不管你是古人也好，你是现在的人也好，你是未来的人也好，都会有绝境，过不去的坎儿。所以我说好的作品常常是穿越这个绝境的，其实穿过这个坎儿，生死的问题基本上解决了，而我们所有时代的人都会碰到你认为的生死问题。

我们以前说，那些古典作家，比较爱举的例子就是陀思妥耶夫斯基，他就是碰到绝境了，他的作品就是绝境小说。他通过那个篇幅过大的过程来穿越绝境，穿过这个绝境之后，人的状态会不一样的。大陆的八十年代是因为整个社会穿过了一个绝境，所以才有一个释放。但是每个人，包括每个写作的人，自己都有自己的绝境，我自己的小说其实一直在坚持写绝境。

咱们这个时代我也非常喜欢，但是这个时代也有绝境，例如无聊。并不是说你要找一个血刺呼啦的才叫绝境，不是的。你怎么能够穿越这个无聊？你有这个力量吗？你有这个智慧吗？你有这个经验吗？没有。所以绝境算作一个比喻，是任何你碰到的问题。

二〇一七年八月三十日于北京

（根据"八十年代，我们的文学回忆"沙龙发言整理）

**图书在版编目(CIP)数据**

想我眷村的兄弟们 / 朱天心著 . —北京：九州出版社，2018.10

ISBN 978-7-5108-7531-1

Ⅰ.①想… Ⅱ.①朱… Ⅲ.①中篇小说—小说集—中国—
当代②短篇小说—小说集—中国—当代 Ⅳ.① I247.7

中国版本图书馆 CIP 数据核字 (2018) 第 234396 号

**想我眷村的兄弟们**

| | |
|---|---|
| 作　　者 | 朱天心 著 |
| 出版发行 | 九州出版社 |
| 地　　址 | 北京市西城区阜外大街甲35号（100037） |
| 发行电话 | （010）68992190/3/5/6 |
| 网　　址 | www.jiuzhoupress.com |
| 电子信箱 | jiuzhou@jiuzhoupress.com |
| 印　　刷 | 山东鸿君杰文化发展有限公司 |
| 开　　本 | 850mm×1168mm　1/32 |
| 印　　张 | 6.75 |
| 字　　数 | 110千 |
| 版　　次 | 2018年11月第1版 |
| 印　　次 | 2018年11月第1次印刷 |
| 书　　号 | ISBN 978-7-5108-7531-1 |
| 定　　价 | 48.00元 |